Portret van een onbekende vrouw

Historische roman

Peter Devaere

**EDITION
ZEELAND**

Colofon

© 2025 Peter Devaere

Paperback: ISBN 979-8-9928155-2-8

Hardback: ISBN 979-8-9928155-3-5

1e druk 2025

Uitgegeven door Edition Zeeland

Edition Zeeland is een imprint van Splendid Island LLC

Suite 101, 3833 Powerline Road

33309 Fort Lauderdale, VS

Inhoudsopgave

Hoofdstuk 1

In het voorjaar van 1667 verwierf Balthasar de Koninck de nalatenschap van de landschapschilder Adam Heck. Het regende al drie dagen en het water droop van zijn zwarte hoed op zijn buik. De Koninck was een man van begin vijftig, die eruitzag alsof hij zo uit een van de portretten van de Haarlemse schuttersgilde was gestapt, geschilderd door Frans Hals in zijn vroege jaren. Hij glimlachte tevreden. De nalatenschap bevatte twee Ruisdaels, een zeeslag van van de Velde, een herberg met kaartspelende boeren van Cornelis Bega en een jachttafereel van Melchior d'Hondecoeter.

En ook nog een vrouwenportret.

Weer zo'n onverkoopbare weduwe, dacht de Koninck. Hij had het schilderij niet eens goed bekeken toen hij de inventaris liet weghalen. Net als zoveel andere schilders had ook Heck zich aan de kunsthandel gewaagd. Succesvol zal hij daar niet in zijn geweest, dacht de Koninck. Behalve zijn schilderijen had Adam Heck niets nagelaten.

Hij liet het portret naar de achterkamer van zijn herenhuis brengen, een duister vertrek zonder ramen, waar hij onverkoopbare werken opsloeg. In de loop der jaren hadden zich daar honderden schilderijen en tekeningen verzameld. Er waren mislukte beginnerswerken, kopieën die leerlingen hadden moeten maken van de werken van hun meester en zelfs schilderijen die om de een of andere reden nooit waren afgewerkt. De Koninck noemde het zijn afvalkamer. Na verloop van tijd was het vertrek hem een doorn in het oog geworden. Hij had er zelfs over nagedacht om de hele inhoud te verbranden.

Iets had hem daar toch van weerhouden. Misschien was het gemakzucht. Of was het omdat hij uit een stoffige schildersmap toch een schets of een tekening had opgediept die hem beviel. Alsof zijn afvalkamer zo nu en dan een verrassing voor hem in petto had, net zoals je in de zak van een oude jas een vergeten munt vindt.

En de Koninck hield van niets meer dan van het ontdekken van dingen die anderen over het hoofd hadden gezien. Hij beschouwde zijn beroep als een soort schattenjacht. Het deerde hem niet dat men hem zag als een woekeraar die de goedgelovigheid van weduwen en jonge schilders uitbuitte. Hij wist hoe hij schilderijen moest verkopen aan de rijke en ijdele burgers van Haarlem. Hij gaf ze het gevoel dat mijnheer de Koninck iets speciaals voor hen had uitgezocht. Dan zei hij zoiets als: „Toen ik dit kleine zeegezicht voor het eerst zag, moest ik meteen aan u denken, meneer H."

Nooit had de Koninck gedacht dat een droom hem zou verleiden om zijn afvalkamer nog een keer op te zoeken. Als hij al droomde over schilderijen, dan was het van een portret van de prins of van een groepsportret, zoals Rembrandt of Hals er meerdere hadden geschilderd. Een keer had hij zelfs gedroomd dat hij een Titiaan op de kop had weten te tikken. Werken van Rubens, Titiaan of Rafaël lagen buiten zijn bereik. Hij zou geld moeten lenen als hij ooit de kans kreeg om een van deze schilderijen te bemachtigen. Alleen het kunstbedrijf Uylenburgh in Amsterdam, waarvoor Rembrandt had gewerkt, kon zich zulke werken veroorloven. Maar niet zonder zich grondig in de schulden te steken, dacht de Koninck.

Op een ochtend werd hij wakker uit een droom. Het was het portret van de onbekende dame dat in zijn droom voorkwam. Hij herinnerde zich nauwelijks de details, maar het beeld van de vrouw in haar zwarte jurk stond hem nog helder voor de geest. Ze had zich een beetje uit de lijst naar voren gebogen, alsof ze hem iets wilde vertellen. Terwijl hij over zijn gezicht wreef om de slaap te verdrijven, probeerde hij zich in bed te herinneren wat de vrouw tegen hem had gezegd. Misschien had ze alleen maar gefluisterd en had hij het nauwelijks kunnen verstaan.

Na het opstaan dronk hij een kop koffie. Zijn dienstmeid Neeltje had hem die neuriënd voorgezet. Hij had deze gewoonte een paar jaar geleden aangenomen. Het drankje had hij leren kennen in het koffiehuis van meester Kit in de Warmoesstraat in Amsterdam. De geur van pijptabak had hem weliswaar tegen gestaan, maar de koffie beviel hem. ,s Ochtends koffie drinken was beter dan altijd maar bier of zelfs wijn. De nieuwe drank gaf hem een opgewekt gevoel. Sindsdien zette Neeltje elke ochtend een grote kop voor hem neer. Het liefst sterk en zwart, zoals hij benadrukte.

Terwijl hij in kleine slokjes van het hete drankje genoot, dwaalden zijn gedachten weer af naar de droom. Eigenlijk wantrouwde de Koninck alles wat je niet kon zien of aanraken. Dromen en elke vorm van waarzeggerij — het was niets voor hem. Alles wat niet gezien of nauwkeurig gemeten kon worden, bestond voor hem niet. Waarom zou hij dus in zijn afvalkamer gaan kijken naar wat dat vrouwenportret precies had? Het was belachelijk om daar zelfs maar de moeite voor te doen. Maar nadat Neeltje hem een tweede kop had ingeschonken, stond hij plotseling op en begaf zich naar het achterste deel van het huis, waar de afvalkamer zich bevond. Ach, wat maakt het uit, zei hij tegen zichzelf. Een beetje licht viel vanuit de gang in het donkere vertrek.

Hoofdstuk 2

De Koninck had speciaal een plaats ingericht om zijn klanten schilderijen te tonen. Daarvoor had hij de grote kamer gekozen, gelegen aan de noordkant van het huis. Hier viel het licht gunstig de ruimte binnen. Een burgerlijk gezin in Haarlem zou hier hun salon hebben ingericht, maar bij de Koninck was deze kamer uitsluitend gewijd aan het bekijken van schilderijen, omdat bij de Koninck alles om schilderijen draaide.

Op de ezels stonden al de zeeslag van Van de Velde, het jachtstuk van d'Hondecoeter en het landschap met molen van Ruisdael. Met deze drie schilderijen zou hij meer verdienen dan de volledige nalatenschap van Heck hem had gekost. Hij moest de molen van Ruisdael van de ezel halen om het portret van de onbekende vrouw in alle rust te kunnen bekijken. Hij schoof het iets verder in het daglicht en deed vervolgens drie stappen achteruit. Het was een rustige ochtend. De zon scheen niet, maar helder licht vulde de kamer en verlichtte het portret voor hem.

Het was beter dan hij aanvankelijk had gedacht. De schilder had de vrouw in haar jurk van zwarte zijde goed weergegeven. Het deed hem denken aan portretten van Van Dyck. Er waren duizenden portretten zoals deze in de Republiek. Ze dienden meestal om de ijdelheid van hun opdrachtgevers te bevredigen.

Zijn blik gleed over de zwarte jurk. Zwart was de moeilijkste kleur om te schilderen. Om een diep zwart te bereiken, mengden portretschilders donkerblauw met rood. Dit resulteerde in een rijk, donker purper of een bruin dat voor het oog als zwart leek. Bovendien was het de schilder gelukt om op de juiste plaatsen grijze vlakken aan te brengen, om de illusie van diepzwarte zijde te wekken. Zoals bij Rubens of Jordaens, dacht de Koninck.

Toen hij een blik op het gezicht van de vrouw wierp, dat uit de witte kanten kraag tevoorschijn kwam, besefte hij dat ze jonger was dan hij aanvankelijk had gedacht. Het was het gezicht van een vrouw die niet veel ouder kon zijn dan zijn zus. Het kon onmogelijk van de hand van Adam Heck zijn. Daarvoor was het te goed. Bovendien was Heck een landschapschilder, geen portretschilder. Dit was het werk van een ware meester — iemand die kon wedijveren met een Frans Hals of zelfs een Rembrandt. Maar wie?

In Hecks inventaris was het portret niet vermeld. Ook de lijst van het schilderij en de achterkant gaven geen enkele aanwijzing over de maker. Hij had vaak met Frans Hals, met wie hij persoonlijk bevriend was, gesproken over het schilderen van portretten. Hun gesprekken, gevoerd in Hals' atelier in Haarlem, hadden hem diep beïnvloed. Vooral Hals' portret van Isaac Massa en diens vrouw Beatrix Van der Laen had een onuitwisbare indruk op hem gemaakt. Hals wist als geen ander zwarttinten tot leven te brengen, met een virtuositeit die altijd echt bleef aanvoelen.

Hij wierp opnieuw een blik op de zijde van de onbekende vrouw. Misschien was de schilder een leerling van Hals. Ja, dacht hij, terwijl zijn blik over de plooien van de jurk gleed, de penseelstreek verraadt hem. De stijl was eleganter en iets terughoudender dan die van zijn meester, alsof de schilder zijn afkomst wilde verbergen. Maar dat kon hij niet. Het was te zien in elke streek die het penseel op het doek had achtergelaten. Als het een leerling van Hals was — wie zou het dan kunnen zijn? Frans Hals' broer Dirck zou het geschilderd kunnen hebben, maar die schilderde nauwelijks portretten. Van Roestraeten? Hij had een tijd in Hals' atelier gewerkt en leefde nog, althans dat was het laatste wat hij van hem had gehoord. Maar dan zou hij naar Londen moeten reizen, waar van Roestraeten woonde — een idee dat de Koninck niet bijzonder beviel.

Toch hoefde hij waarschijnlijk niet zo ver te zoeken. Het portret van de onbekende vrouw was hier in Haarlem ontstaan. Toen hij het op de ezel had geplaatst en voor het eerst nauwkeurig had bekeken, was hij daar vrij zeker van geweest. Maar hij wilde zich de oefening niet ontzeggen om een grondige analyse uit te voeren. Die bestond erin de schilders uit te sluiten die het schilderij *niet* hadden kunnen maken of die door hun stijl of onderwerpen niet in aanmerking kwamen.

Plots voelde hij iets langs zijn been strijken. Zijn kat was de kamer binnengeslopen. De Koninck wilde niet dat zijn dienstmeid het schilderij te zien kreeg wanneer ze de kamer zou schoonmaken en vegen. Het was een vreemde gedachte, maar hij voelde de drang het werk te beschermen tegen haar nieuwsgierige blikken.

Hij nam het portret van de ezel, ging de brede trap op naar de eerste verdieping en verdween in zijn studeerkamer. Neeltje had alleen toegang als hij haar uitdrukkelijk had gevraagd om schoon te maken en te vegen. Zodra ze dat onder zijn waakzame oog had gedaan, begeleidde hij haar naar buiten en sloot de deur achter haar.

Zijn studeerkamer was de plek waar de Koninck zijn zakelijke boeken bewaarde. In een hoek stond ook een kist met contracten, zijn aandelen in de VOC en verschillende zakken vol gouddukaten. Alleen de Konincks kat had altijd toegang. Ze lag meestal op het versleten kussen van de oude stoel die tegen de muur stond. Zolang hij aan zijn boeken werkte, bleef ze daar. Zodra hij zijn studeerkamer verliet, verliet ook zijn kat de kamer.

Hij plaatste het portret op de ezel die altijd in zijn studeerkamer stond om schilderijen te bestuderen. Vervolgens haalde hij een oude deken uit de ladekast in de gang en bedekte het portret ermee. Hij zou het niet te koop aanbieden.

Hoofdstuk 3

De Koninck wist vanaf het begin dat niemand minder dan de grote Verspronck het portret had geschilderd. Althans, alle aanwijzingen wezen naar Johannes Verspronck. Hij had als jonge schilder gewerkt in het atelier van Frans Hals. Zijn penseelstreek was weliswaar minder uitbundig dan die van Hals, maar de invloed van Hals was onmiskenbaar zichtbaar in al zijn portretten. Versproncks klanten waren de welgestelde families van Haarlem, die de Koninck natuurlijk allemaal kende. In de loop der jaren was het in deze kringen zelfs een teken van goede smaak geworden om één of zelfs meerdere Versproncks te bezitten. Niet zelden bestelden echtparen bij hem direct een dubbelportret. Verspronck was, meer nog dan Hals, de stadsportretschilder geweest.

Verspronck maakte geen voorbereidende schetsen, maar tekende met zwart krijt of gebruikte dunne zwarte verf om de eerste contouren van het portret op het doek te zetten – precies zoals Rembrandt dat in Amsterdam deed. Hals daarentegen begon meteen met verf. Al bij deze eerste contouren zocht Verspronck de precisie die zijn hele schildersleven kenmerkte. Zijn oog voor detail was ongekend, vooral in de weergave van delicate stoffen zoals kant. In zijn eigen leerperiode had de Koninck zelf dagenlang aan een kanten kraag gewerkt. Hij wist wat het betekende om zoiets te schilderen, ook al kon hij het lang niet zo goed als Verspronck.

Rembrandt en Hals waren intussen overgestapt op de sgraffito-techniek. Daarbij werd eerst een donkere basiskleur – vaak zwart of bruin – aangebracht, gevolgd door een lichtere verflaag, meestal wit of ivoor. Met een penseelsteel of fijne naald werd de bovenste laag voorzichtig weggekrast, waardoor de donkere ondergrond de fragiele patronen van het kant onthulde. Daarna werden met een dun penseel kleine details toegevoegd, en lichtreflecties met zilverkleurige verf gaven het geheel een subtiele glans. Verspronck beheerste uiteraard ook deze techniek. Maar om het vaak dure kant van zijn klanten weer te geven, gebruikte hij bij voorkeur een klein penseel met witte verf. Hij „tekende" als het ware de patronen op een donkere onderlaag. De algehele indruk die hij daarmee bereikte, was indrukwekkend en kwam zeer dicht bij echte kant.

Hoe meer de Koninck het portret bestudeerde, des te meer was hij ervan overtuigd dat alleen Johannes Cornelius Verspronck het geschilderd kon hebben. Maar hoe was het in het bezit van Adam Heck gekomen? Zulke portretten kostten vaak meer dan honderd gulden. Zou het een kopie kunnen zijn? Maar als dat zo was, dan was het een van uitzonderlijke kwaliteit. Wie zou in staat zijn zo'n perfecte Verspronck te kopiëren? En belangrijker nog: waarom? Kopieën van geslaagde schilderijen werden vaker gemaakt, meestal door een leerling van de meester, zodat hetzelfde motief nogmaals verkocht kon worden. Het was een gangbare praktijk in veel schildersateliers en niemand nam daar aanstoot aan – tenminste niet als het om een landschap of een stilleven ging. Wie een portret van de prins wilde, kon er een bestellen. Het werd dan gekopieerd van een bestaand portret of van de kopie van een kopie. Maar in het geval van de onbekende vrouw, lag het anders. Misschien bestond deze persoon helemaal niet en was het portret een geïdealiseerde voorstelling, dacht de Koninck. De afgebeelde vrouw was gewoon te mooi.

Het was een vrouw die zo niet echt bestond – of slechts zelden. In elk geval niet in de burgerlijke kringen van Amsterdam of Haarlem.

Hoofdstuk 4

Wanneer de Koninck zijn zus Anna Theodora bezocht, had hij altijd een cadeau mee voor haar twee dochters, Johanna en Maartje. Eens kwam hij met een compleet poppenhuis van eiken- en cederhout. Het bevatte een ontvangstkamer, een keuken en een eetkamer. Bovendien had de bouwer van het poppenhuis een kleedkamer, een kinderkamer, een kraamkamer en zelfs een turfzolder voorzien. Alle meubels waren vervaardigd uit authentieke materialen en de verhoudingen klopten precies. In de keuken en de ontvangstkamer had hij zelfs miniatuurschilderijen laten aanbrengen, nageschilderd naar echte werken van Frans Hals, Adriaen van Ostade en Pieter Saenredam. Alleen al voor het maken van deze miniatuurschilderijen had hij een klein fortuin uitgegeven. Hij had zelfs het kleinste penseel van de miniatuurschilder gekocht, zodat het in het poppenhuis als bezem voor de dienstmeid kon dienen. Toen hij zag dat Maartje begon te vegen met de poppenhuisbezem, glimlachte hij tevreden. Geen wonder dat hij geliefd was bij de twee meisjes. Zijn komst zette het huis in rep en roer.

Hij bezocht Anna Theodora meestal wanneer haar man enkele maanden met een schip van de VOC naar Indië was vertrokken. Nadat hij de cadeaus had uitgedeeld, nam hij plaats aan de grote eikenhouten tafel in de tussenkamer, bedekt met een Perzisch tapijt dat Adriaen van een van zijn vele reizen had meegebracht. Anna Theodora schoof het tapijt een beetje opzij en bracht twee wijnglazen, waaruit ze goede Franse Bourgogne dronken.

Anna Theodora was opnieuw zwanger, hoewel dat nauwelijks te zien was. Haar broer was echter altijd de eerste die het hoorde. Toen ze het vertelde, trok de Koninck een wenkbrauw op, alsof hij nu al complicaties vreesde. Ze had al een miskraam gehad, en een ander kind was na twee maanden gestorven. Hij maakte zich zorgen dat zijn zus iets zou overkomen. De bezoeken aan haar zou hij erg missen. Misschien waren het precies deze gedachten die hem ervan weerhielden opnieuw te trouwen. Aan huwelijksaanzoeken ontbrak het niet. Maar de gedachte dat hij op een dag tussen het leven van een kind en dat van de moeder zou moeten kiezen, schrikte hem af. De Koninck bleef kinderloos – tot het einde van zijn leven. Het was voor hem voldoende om af en toe de kinderen van zijn zus te zien.

Hij nam een grote slok en zette het glas met een wat overdreven gebaar op de zware eikenhouten tafel. Hij veegde de wijn weg die aan zijn snor was blijven hangen en bekeek de lichtblauwe zijden jurk die zijn zus droeg. Het was een mooie jurk, vond hij. Binnenkort zou ze hem niet meer kunnen dragen als het kind in haar buik begon te groeien. Een moment overwoog hij haar iets te vertellen over het portret van de onbekende vrouw. Ze zou hem uitlachen of alleen haar hoofd schudden. Hij, Balthazar de Koninck, een van de meest begeerde vrijgezellen van Haarlem, kon bijna elke vrouw in de stad krijgen. En uitgerekend hij werd verliefd op de ogen van een portret. Onmogelijk om dat uit te leggen. Anna Theodora kende haar broer. Ze voelde dat hij iets verborgen hield.

„Is er iets, Balthazar?" vroeg ze.

„Nee, nee," zei hij, „ik keek alleen naar je mooie jurk. Is die nieuw?"

„Ja, Adriaen heeft hem laten maken bij een Vlaamse naaister. Hij staat me goed, vind je niet?"

„Hij staat je prachtig," zei hij afwezig. Hij dacht aan de vrouw op het portret in zijn studeerkamer. Als hij haar zou vinden, zou hij ook voor haar een blauwe jurk laten maken. Dat zou haar vast beter staan dan het zwart dat ze droeg. Zwart was weliswaar de gebruikelijke kleur voor zulke portretten, maar het maakte vrouwen tot weduwen. Het blauw daarentegen... ja, dat is werkelijk mooi, mompelde hij zachtjes.

„Wilde Adriaen niet ook eens een portret van je laten maken?"

Anna Theodora keek hem een moment aan en barstte in lachen uit. „Een portret? Van mij? Waar zou dat goed voor zijn? Zodat mijn kleinkinderen op een dag kunnen zien hoe ik er ooit uitzag?" De gedachte amuseerde haar zo dat ze zich verslikte toen ze van haar wijn dronk. Dat bracht haar alleen maar meer aan het lachen.

„Wat is daar zo grappig aan? Er zijn ontelbare portretten van mannen en vrouwen. Als iemand dat weet, ben ik het."

„En toch heb ik dat niet nodig. Er zijn er al veel te veel. Overal waar je wordt uitgenodigd, laten ze je eerst de nieuwe portretten zien. En meestal zijn ze lelijk in dat zwart. Bovendien ken ik geen schilder die goed genoeg zou zijn om Adriaen treffend weer te geven."

Ze bedoelde Adriaen en niet zichzelf, merkte de Koninck op.

„Jan de Bray zou het kunnen," zei hij en hij dronk zijn glas leeg. Anna Theodora haastte zich om het meteen weer te vullen. Hij keek met een lichte onrust toe. Ze wilde dat hij eindelijk eens over zichzelf zou vertellen. Ze had geleerd dat het zinloos was om hem direct naar de vrouwen in zijn leven te vragen. Dan leidde hij het gesprek altijd naar een ander onderwerp. Maar als er iemand was met wie de Koninck echt over vrouwen sprak, dan was het zijn zus. Zo was het ook geweest toen hij weduwnaar werd. Hij had haar al zijn ellende toevertrouwd. Zijn vrouw was zijn steun geweest. Hij miste haar. En hij maakte de verschrikkelijke fout om elke huwbare vrouw met zijn overleden vrouw te vergelijken.

„Je zal haar eindelijk moeten vergeten en je leven moeten leven," had ze hem op het hart gedrukt.

„Je hebt gelijk, je hebt gelijk," had hij nadenkend gezegd. Maar diep in zijn hart verlangde hij nog steeds naar haar, hoewel ze al bijna tien jaar dood was. In elke vrouw die hij in de Haarlemse samenleving ontmoette, zag hij zijn overleden vrouw. Het was alsof ze nooit was verdwenen, alsof er in zijn wereld alleen ruimte was voor háár. Hij kon niet verklaren waarom hij zo aan haar hing. Maar er was bijna niemand die hem daarin beter begreep dan zijn zus. Ze wist dat haar broer een aanhankelijk persoon was. Als hij eenmaal iemand in zijn hart had gesloten – wat zelden voorkwam – was hij ongelooflijk trouw.

Anna Theodora vermoedde dat er een vrouw in zijn leven was over wie hij niet kon praten. Misschien omdat hij onzeker was – zoals mannen vaak zijn als er gevoelens in het spel komen. Ze voelde dat hij iets op zijn hart had, maar vermeed het om hem daar direct naar te vragen. In plaats daarvan vroeg ze zich af waarom hij van onderwerp was veranderd en over geschilderde portretten sprak. Haar broer wist toch dat ze nauwelijks in kunst geïnteresseerd was. Ze had er thuis genoeg over gehoord en was blij dat ze in Adriaen een man had gevonden die zich niet met kunst bezighield. Dat wist haar broer natuurlijk ook.

Toen hij vertrokken was, piekerde ze nog over het gesprek. Hij had haar nieuwe jurk geprezen, wat hij anders nooit deed. Ze vond dat haar broer zich vreemd had gedragen. Steeds weer had hij dromerig uit het raam gekeken of naar de muur, alsof daar iets te zien was dat zij niet kon zien. Als er een vrouw in het leven van haar broer was, was het nog te vroeg om ernaar te vragen. Ze legde haar hand op de plek waar het kind in haar buik groeide. Haar broer had zijn hand daar niet gelegd, maar hij had er steeds weer naar gekeken, alsof hij dingen kon zien die voor anderen verborgen bleven.

Hoofdstuk 5

Balthasar de Koninck woonde alleen met zijn dienstmeid Neeltje in een herenhuis dat eigenlijk veel te groot was. Verschillende kamers stonden leeg en werden zelden betreden. Neeltje had hij in dienst genomen op aanbeveling van zijn vriend Jan de Bray. Een aanbevelingsbrief had hij niet nodig gevonden; het woord van Jan was voldoende. Hij had haar een kamer op de tweede verdieping toegewezen en ze sliep in een nis tussen de warme bakstenen van de schoorsteen en de buitenmuur van het huis.

Na het opstaan haalde ze hout uit de kelder om het fornuis in de keuken aan te maken. Daarna zette ze zwarte koffie voor de Koninck – een taak die ze graag deed. Zodra hij de keuken had verlaten, zette ze zelf nog een kopje. Vervolgens begon ze de zwart-witte tegels van de inkomhal te schrobben met water en zand als schuurmiddel. Daarna schrobde ze de buitentrap en liet het overgebleven water de straat op lopen. Op maandag stofte ze de ontvangstruimte en de slaapkamer van de Koninck af. Indien nodig schrobde ze de tegels of de planken met zeep. Op woensdag veegde en schrobde ze niet alleen de inkomhal, maar het hele huis. De tapijten droeg ze naar de binnenplaats, schudde ze uit en klopte ze met een mattenklopper af. Eén keer per maand poetste ze de kandelaars van koper en zilver, en het dure servies met krijtpoeder of as. Op vrijdag maakte ze de keuken en de kelder schoon. Na deze schoonmaaktaken maakte ze het bed van de Koninck op. Ze schudde de kussens op en zette ze een uur rechtop zodat de veren weer konden ademen. Als er motten waren, behandelde ze deze direct met kamfer. De lakens en dekens waste ze in de speciaal daarvoor ingerichte wasruimte in de kelder.

Omdat de Koninck regelmatig klanten ontving, besteedde Neeltje bijzondere zorg aan het onderhouden van de ontvangstkamer en de kunstkamer. Nergens mocht ook maar het kleinste stofdeeltje, het geringste vuil of zelf een haar van de Konincks kat achterblijven. Ze stofte de meubels en de houten lambrisering af met een stofdoek of een plumeau. Verwachtte de Koninck een klant, dan stuurde hij haar uren van tevoren naar de kunstkamer, zodat niets aan het toeval werd overgelaten. De indruk moest ontstaan dat in het huis van de Koninck alles met de grootste zorg gebeurde. Zijn huis moest bekendstaan als het adres bij uitstek voor verfijnde kunst. Neeltjes taak was ervoor te zorgen dat het hele huis en alle meubels glansden. De klanten moesten de indruk krijgen dat ze een paleis waren binnengestapt waar alleen de beste kunstwerken te koop waren. De Koninck had haar geleerd hoe ze de lijsten van de schilderijen moest schoonmaken, met zachte linnen doeken om krassen te voorkomen. Hij had zelfs een jurk voor haar gekocht die ze altijd moest dragen als ze klanten ontving in de ontvangstkamer. Er mocht geen enkel vlekje te zien zijn op haar jurk of de witte kanten kraag.

Wanneer haar werk erop zat, trok Neeltje zich terug in haar kamer. Daar vond ze rust in het vervaardigen van naaldkant, een tijdrovende ambacht die zij tot in de perfectie beheerste. Waar de meeste vrouwen kozen voor het snellere kantklossen, beheerste Neeltje de kunst van de fijnere naaldkant. Ze tekende patronen op perkamentpapier, spande deze op een borduurraam en weefde met fijn linnen- of zijdegaren ingewikkelde motieven van bloemen, ranken en geometrische vormen. Het resultaat was delicaat en verfijnd, soms meters lang en bestemd voor de kragen en manchetten van luxe kledingstukken. Maandenlang werkte ze aan een enkel kraagpatroon, maar ze deed het graag en had geen moeite haar kant te verkopen. De Koninck was trots op zijn dienstmeid en beval haar heimelijk aan bij zijn rijke klanten.

Hoofdstuk 6

Vanaf het moment dat de Koninck zijn studeerkamer betrad, tilde hij met een bijna plechtige beweging het doek van de ezel en liet zijn blik over het portret glijden. De vrouw lachte hem zachtjes toe, althans zo leek het. Gaandeweg kreeg hij het gevoel dat niet hij háár bekeek, maar dat zij *hem* observeerde. Hij wist dat het absurd was. Afgezien van de buitengewone kwaliteit van het schilderij was er niets ongewoons aan het portret. Toch beviel hem het idee dat een vrouw, al was het slechts een geschilderde, hem gadesloeg terwijl hij over zijn handelsboeken gebogen zat. Het gaf hem een vreemd soort gezelschap, een aanwezigheid die hem troostte, zelfs als het slechts een illusie was.

Telkens weer wierp hij een korte blik op het schilderij, hoewel hij het nauwelijks nodig had. Elk detail stond in zijn geheugen gegrift. Hij zou een gedetailleerde beschrijving kunnen geven van de penseelstreken, de subtiliteiten van de stof, de delicate schaduwen, zonder ernaar te hoeven kijken. Zelfs toen hij zijn zus zag in haar blauwe jurk, stelde hij zich voor dat *zij* de onbekende vrouw was die hem zo fascineerde.

Hij sloot zich zelfs vaker dan anders op in zijn studeerkamer. Hij hield niet echt van zijn handelsboeken. Het was een vervelende bezigheid die hij het liefst aan iemand anders had overgelaten. Maar de Koninck liet niets over aan anderen. Hij deed alles zelf. Zo had zijn vader het gedaan en hem geleerd. En zo had ook zijn grootvader het gedaan, die aan het eind van de vorige eeuw uit Antwerpen was gevlucht.

Hij begon zelfs zachtjes tegen de vrouw te praten zodra hij de deur van zijn studeerkamer achter zich sloot. Nadat hij met een plechtige geste het doek van de ezel had gehaald, mompelde hij iets als: „Daar zijn we weer" of „Goedemorgen, mijn liefste." Eén keer zei hij zelfs: „Het spijt me dat ik je zo lang heb laten wachten." En toen hij een keer op een schilderijenveiling was, verliet hij die voortijdig zonder ook maar één schilderij te kopen. Hij had nog een dringende zaak te regelen, zei hij tegen een bevriende koopman bij het weggaan, die zich verbaasde over zijn plotselinge haast. Het was ongewoon, want de Koninck nam altijd de tijd als hij een zakelijke kans rook. Overal waar schilderijen te koop werden aangeboden, was hij aanwezig. Ja, men hield hem nauwlettend in de gaten. Iedereen wist: waar de Koninck is, daar is het geld. Toen hij uiteindelijk, bijna buiten adem, zijn herenhuis bereikte, struikelde hij bijna over een van de treden die naar de voordeur leidden.

En hoe meer de Koninck het portret bestudeerde, hoe langer hij, soms urenlang, met het blote oog of met een vergrootglas, de afzonderlijke details bekeek, des te meer kwam hij tot de conclusie dat Verspronck zichzelf hier had overtroffen. Het diepe grijszwart van de dure jurk was uitstekend weergegeven. De vrouw liet haar arm rusten op de fluwelen leuning met een zeldzame elegantie, en haar hand, met slanke, verzorgde vingers zonder ring, hing nonchalant naar beneden, zonder opdringerig te zijn. Steeds weer werd zijn blik getrokken naar het goudblonde haar, vastgebonden met een kostbare diadeem die een warme gloed op haar gezicht wierp. En die ogen—zwart, dieper dan de nacht, of waren ze donkerblauw?

En hoe meer de Koninck zich verdiepte in het schilderij, des te meer kwam hij tot de conclusie dat het portret van de onbekende vrouw beter, nauwkeuriger en gracieuzer was dan alle portretten van Verspronck die hij kende, en dat waren ze bijna allemaal. Hij wist wie het portret had besteld. Hij wist in welke huizen ze hingen en bij welke gelegenheden ze waren geschilderd. Hij had de schilder meerdere keren in zijn atelier bezocht en gezien hoe hij aan een oorbel of een waaier werkte. Hij had gezien hoe hij urenlang met een fijn penseel aan een oog schilderde, alsof dat oog het belangrijkste ter wereld was. En dat was het ook. Het zijn de ogen die ons steeds weer naar het schilderij trekken, had Verspronck eens gezegd. En soms leek het de Koninck alsof hij via de ogen tot de ziel van de geportretteerde wilde doordringen. Dat was hem meerdere keren gelukt, maar nooit zo uitstekend als bij het portret dat nu in zijn bezit was.

Soms bleef de Koninck minutenlang voor het portret staan, starend in de ogen van de onbekende vrouw. Alsof hij hoopte dat ze op een dag haar naam zou fluisteren. En als het schilderij dat niet deed, hoopte hij dat het hem in een droom zou worden onthuld. Elke ochtend probeerde hij zich zijn dromen te herinneren. Maar zijn dromen bleven stil, en als hij zich al een droom herinnerde, kwam de dame daarin niet voor. Hij schaamde zich bijna voor zijn merkwaardige gedrag, alsof hij iets verboden deed.

De Koninck wist heel goed dat hij zichzelf iets wijsmaakte. Zijn gedrag stond haaks op de principes die hij had geleerd. Op aanbeveling van zijn vader had hij zich verdiept in de stoïcijnse filosofen Seneca en Marcus Aurelius. Later waren de geschriften van de heer Descartes daarbij gekomen. Van hem had hij zinnen geleerd als: *Of we nu wakker zijn of slapen, we zouden ons nooit door iets anders moeten laten leiden dan door de helderheid van onze rede.* Hij had deze wijsheden nooit opgeschreven, zoals sommigen deden, maar ze zaten verankerd in zijn geheugen. Zijn vader had hem geleerd dat herhaling karakter vormt, en dat deze levensregels uiteindelijk de leidraad van zijn handelen zouden worden. De Koninck geloofde zelfs dat ze de basis waren van zijn zakelijke succes.

Hoe moest hij zijn merkwaardige gedrag met zijn verstand in overeenstemming brengen? Het was niet in overeenstemming te brengen, dacht hij, terwijl hij tijdens een wandeling door de stad over zijn portret nadacht. En juist daarom moest hij het voor zichzelf houden. Hij beschouwde de liefde voor een geschilderd portret als een gril die hij zich veroorloofde. Het was een kleine zwakte, als je het zo wilde noemen, net zoals sommigen rookten of zich af en toe overgaven aan betaalde vrouwen. Uiteindelijk deed hij er niemand kwaad mee. Het was niet schadelijker dan het drinken van wijn, wat hij af en toe graag deed, of het roken van pijpen, wat hij zichzelf zijn hele leven had verboden.

Maar hoe langer het portret in zijn studeerkamer stond, hoe meer hij in de ban raakte van de vrouw die hem onophoudelijk aankeek. Toen hij op een dag dringend enkele zakelijke boekingen moest controleren, zag hij zich genoodzaakt het doek van de stoel te halen en dit opnieuw over het portret te leggen. „Het spijt me," had hij tegen het portret gezegd terwijl hij het doek met de grootste zorg eroverheen legde, alsof hij een slapende vrouw in bed zachtjes toedekte. „Ik moet even werken."

Op een gegeven moment moest hij de waarheid onder ogen zien: hij was verliefd geworden. Niet op een levend wezen, maar op de vrouw die de schilder zo meesterlijk had vastgelegd. Hoe langer hij hierover nadacht, hoe onvermijdelijker deze conclusie leek. Hij, Balthasar de Koninck, kon zijn toekomstige vrouw niet in het echte leven vinden—maar slechts via een geschilderd portret.

Was dat werkelijk zo vreemd? Hij dacht aan prinsen en koningskinderen die hun echtgenotes ook niet zelf kozen, maar voorgesteld kregen via een zorgvuldig geschilderd portret dat door een gezant per schip of koets werd gebracht. In zijn geval was het doek niet per schip aangekomen; hij had het zelf moeten verwerven. Maar hij voelde dat er geen betere manier voor hem bestond om zijn toekomstige vrouw te leren kennen dan door de beschouwing van een meesterlijk geschilderd portret.

Hoofdstuk 7

Na het bezoek aan zijn zus begon de Koninck in stilte zijn onderzoek. Hij moest en zou ontdekken wie de vrouw op het portret was. Zijn eerste stap was een bezoek aan de weduwe van Adam Heck, maar zoals te verwachten was, wist zij niet hoe het portret in het bezit van haar man was gekomen. Zelfs na herhaald aandringen en de vraag of er misschien schriftelijke documenten of rekeningen waren die een aanwijzing konden geven over de herkomst van het schilderij, leverde niets op. Zelfs toen hij zijn geldbuidel trok en meerdere guldens op tafel liet vallen, kwam hij niet verder. De weduwe wierp een enigszins ongelovige blik op de zilveren munten. De Koninck begreep dat zij niets wist. Adam Heck had zijn weten mee het graf in genomen.

De Koninck was er zeker van: de Haarlemse schilder Johannes Cornelisz. Verspronck had het portret van de onbekende geschilderd. Hij was enkele jaren eerder overleden en begraven in de Grote Kerk in Haarlem, net als Pieter Saenredam, die het interieur van de kerk tot zijn hoofdonderwerp had gemaakt. Verspronck was nooit getrouwd, hoewel hij behoorlijk vermogend was. Hij had een huis gekocht in de Jansstraat en woonde daar tot zijn dood met zijn broer Engel en zijn zus Aertge. Dat was op zich niet ongebruikelijk. Verspronck had het vak geleerd van zijn vader Cornelis Engelsz., die op zijn beurt leerling was van Cornelis Cornelisz van Haarlem en Karel van Mander. Hij had een portret geschilderd van Johan van Schoterbosch, kapitein van de Kloverniersdoelen, en een portret van Pieter Jacobsz. Schout, de burgemeester van Haarlem. Hij had alles bereikt wat een man van zijn stand zich kon wensen. Hij was succesvol als schilder. Hij had meer opdrachten dan hij kon uitvoeren. Hij kreeg opdrachten van de beste families van Haarlem, hoewel hij katholiek was. Bovendien had hij een commissie weten te overtuigen om de vrouwelijke bestuursleden van het „Heilige Geesthuis" te portretteren, en dat meerdere keren. Men had hem de voorkeur gegeven boven Frans Hals, die zich ook had aangemeld. Dat was op zich een opmerkelijk feit geweest.

Wel, Verspronck was goed, dacht de Koninck, terwijl hij opnieuw een blik wierp op het portret voor hem. Zeer goed zelfs. Hij was vooral meesterlijk in het weergeven van vrouwelijke portretten. Zelfs de vrouwen van Hals kwamen niet in de buurt van de elegantie en gratie die Verspronck zijn vrouwelijke modellen wist te ontlokken. Niemand kon zoals Verspronck de vrouwelijke attributen zoals kanten kragen, waaiers en juwelen, en rijke stoffen, zo'n glans geven als hij. Precies dat had hem geliefd gemaakt bij zijn opdrachtgevers, die hun vrouwen of dochters wilden laten schilderen. Wat een verleider was die Verspronck zodra hij een penseel in handen had. Hals wist te imponeren en overtuigen. Maar Verspronck wist te verleiden. Misschien was het die eigenschap die de Koninck aantrok in het portret dat hij zojuist had verworven. Nooit had hij gedacht ooit een Verspronck in handen te krijgen. Alle families die er een hadden, gaven het een ereplaats in hun huis. Niemand wilde verkopen. De Koninck had het meermaals geprobeerd, vooral bij sterfgevallen. Maar juist de nauwkeurigheid van de details en de blik van de afgebeelde dames zorgden ervoor dat hun echtgenoten afzagen van de verkoop van het portret van hun vrouwen, zelfs als ze allang hertrouwd waren. „Mijn vrouw verkopen," had een koopman gezegd toen de Koninck zich discreet had geïnformeerd. Nooit! Hij had niet gezegd „het portret van mijn vrouw", maar „mijn vrouw", alsof ze nog steeds bij hem was. „In geen drie eeuwen," had een ander geroepen. De Koninck had moeten glimlachen. Het zou geen drie eeuwen duren voordat de familie hun Verspronck zou verkopen, maar helaas zou hij dat niet meer meemaken.

Des te opmerkelijker vond hij het dat hij nu zelf een Verspronck had bemachtigd. Hoe was dat mogelijk? En wat voor een Verspronck! Het portret was een van de mooiste die hij ooit had gezien. En deze dame leefde in de schoot van de beste Haarlemse families, daar was de Koninck zeker van. Deze gedachten gaven hem moed om het te proberen. Hij zou deze vrouw vinden, al moest hij al zijn kunde en kennis inzetten. En al zijn geld, dacht hij in stilte. Maar één ding wist hij zeker: hij zou discreet te werk moeten gaan. Niemand mocht weten of zelfs maar vermoeden wat hij zocht. Misschien was ze getrouwd. Of misschien was ze de dochter van een invloedrijke Haarlemse burger. Een schandaal kon hij zich niet permitteren. Elke indiscretie zou zich als een lopend vuurtje door de stad verspreiden en niemand zou nog zaken met hem willen doen. Hij had ook geen zin om op zijn leeftijd nog naar Amsterdam te verhuizen. Daar had hij wel klanten, maar hij bleef liever in Haarlem. Hier was hij geboren en opgegroeid. Hier kende hij de weg en hij was bereid zijn connecties te benutten om zijn doel te bereiken. Hij zou de vrouw op zijn portret vinden (en met haar trouwen, als ze nog vrij was, dacht hij).

Hoofdstuk 8

Na zijn bezoek aan de weduwe van Heck richtte de Koninck zijn aandacht op de familie Verspronck. Engel en Aertge woonden nog altijd in het huis aan de Jansstraat, dat hun broer voor hen had gekocht. Hun oudste broer, Jochem Cornelisz, was al meer dan tien jaar geleden overleden. Nu, met het recente verlies van hun tweede broer in 1662 en hun moeder, Maritge Jansdr Rodenrijsen, het jaar daarvoor, hing er een sombere sfeer in het huis Verspronck. Dat merkte de Koninck meteen. Men liet hem lang wachten in de ontvangstkamer, alsof men hem het liefst helemaal niet wilde ontvangen. Pas toen de dienstmeid hem kwam halen, werd hij in een kleine salon binnengelaten. Aertge en Engel Verspronck staarden hem in ijzige stilte aan. Geen van beiden bewoog zich toen de Koninck hen zijn medeleven betuigde met het recente overlijden van hun moeder. Aertge droeg een zwarte rouwsluier, alsof ze net van de begrafenis teruggekeerd was, en Engel stond onbeweeglijk, met zijn handen op zijn rug.

Toen de Koninck discreet informeerde naar onverkochte portretten van hun broer, verstrakte Aertges gelaatsuitdrukking nog meer. Na een lange stilte antwoordde ze met een hese stem dat ze niets te koop hadden. Engel zweeg. Gedurende het hele bezoek zou hij geen woord zeggen. De Koninck moest al zijn koopmanskunst inzetten om hen ervan te overtuigen dat hij niet uit was op een koopje. Hij vertelde over zijn grote bewondering voor hun broer en over het belang van een overzicht van diens oeuvre. Maar geen van beiden geloofde hem. Ze vermoedden alleen commerciële motieven, en hoe meer hij hen probeerde te overtuigen van het tegendeel, hoe minder ze hem geloofden.

De Koninck had zich voorgenomen om het portret van de onbekende vrouw niet ter sprake te brengen. Maar omdat hij niets bereikte, verzamelde hij al zijn moed en vroeg of hen een portret van hun broer bekend was waarop een vrouw glimlachte. Na die vraag viel er opnieuw een ijzige stilte. Door de kant van haar rouwsluier heen zag hij hoe Aertges mondhoeken nog verder naar beneden trokken. Ze begon licht te beven, hoewel ze daarvoor roerloos had gestaan. Engels mond ging een beetje open, alsof hij toch iets wilde zeggen. Maar toen gaf Aertge de dienstmeid, die de hele tijd achter de Koninck had gewacht, een teken.

„Je mag de heer de Koninck naar buiten begeleiden, zijn bezoek is voorbij." De woorden leken haar moeite te kosten. De dienstmeid stapte naar voren en opende de deur naar de ontvangskamer. De Koninck restte niets anders dan als een verzopen kat het huis Verspronck te verlaten.

Hoofdstuk 9

De Koninck zou de Koninck niet zijn als hij zich door de kille ontvangst bij de Versproncks liet ontmoedigen. Hij had zich wel verbaasd over het feit dat zijn laatste vraag het einde van zijn bezoek had ingeluid. Misschien geloofden de twee echt dat de enige reden van zijn komst was om te ontdekken of er nog iets uit de nalatenschap van hun broer te halen viel.

Zijn volgende bestemming was de woning van de rijke stoffenhandelaar Eduard Wallis en diens vrouw, Maria van Strijp, een gepassioneerd kunstverzamelaarster. In tegenstelling tot de Versproncks werd de Koninck hier met open armen ontvangen. Men beschouwde het als een eer dat meneer de Koninck hen een bezoek bracht. Maria van Strijp leidde hem persoonlijk naar het salon, waar het dubbelportret dat Verspronck van haar en haar echtgenoot had geschilderd een prominente plaats innam. De twee echtgenoten stonden links en rechts van hem en genoten er zichtbaar van hoe de Koninck de tijd nam om het aandachtig te bestuderen. Zijn ogen dwaalden van het portret van Eduard Wallis, dat links hing, naar dat van zijn vrouw aan de rechterkant en weer terug. De twee afgebeelde personen zelf, die naast hem stonden, keek hij daarbij nauwelijks aan, alsof Verspronck het origineel had geschilderd en zij slechts kopieën waren.

Hij stapte dichterbij en bestudeerde vooral het portret van Maria van Strijp nauwgezet. De houding, de plaatsing van de handen, de verfijnde details—alles deed hem denken aan de vrouw op zijn eigen portret. Had Verspronck haar als model gebruikt? Of was het juist andersom? Net als de onbekende vrouw rustte Maria van Strijp haar linkerarm op de leuning van de stoel, de ring aan haar pink nadrukkelijk zichtbaar. Haar rechterhand hield een waaier vast en lag ontspannen op haar schoot, wat zorgde voor die elegante nonchalance die de Koninck zo bewonderde in Versproncks werk. En er waren nog meer overeenkomsten. De linker oorbel hing iets lager dan de rechter, waardoor de naar de kijker gerichte blik nog sterker werd benadrukt. En er viel hem nog iets op. Het leek alsof Van Strijp een fractie naar achteren leunde, ondanks dat er geen leuning achter haar zichtbaar was, omdat Verspronck deze op de voorgrond had geschilderd, zodat de linkerarm erop kon rusten. De rechterarm met de waaier vormde een tegenwicht aan de linkerkant van het schilderij, waardoor een zwevend evenwicht in de compositie ontstond. Het gaf de kijker de indruk dat Van Strijp elk moment uit haar stoel kon opstaan. Dit bracht zowel rust als beweging tegelijkertijd, iets waarin Verspronck een meester in was.

En hoe langer hij naar het schilderij van Maria van Strijp keek, des te meer zag hij de gelijkenis met zijn eigen portret. Alsof Verspronck in het geheim een tweede versie van Maria van Strijp had geschilderd. Toen hij na enige tijd nog steeds betoverd voor het portret van de huisvrouw stond, legde zij haar handen zachtjes op zijn schouders en draaide hem langzaam om. Hij keek nu naar het portret van haar moeder, Adriana Croes, dat aan de tegenoverliggende muur hing. Hoewel de Koninck met enige tegenzin naar dit schilderij keek, liet hij dat niet merken. „Meesterlijk," zei hij uiteindelijk, nadat hij de gelijkenis tussen moeder en dochter had vastgesteld.

„Mama hield erg van dit schilderij," zei Maria van Strijp, „maar ze had zo graag ook een portret van papa gehad, geschilderd door meneer Verspronck. Helaas is het er nooit van gekomen. Gelukkig heeft mijn man die fout niet herhaald."

„Zeer verstandig," antwoordde de Koninck, „ik ken geen andere familie in Haarlem die drie Versproncks haar eigendom mag noemen. Niemand was een grotere meester in het weergeven van stoffen en kleding."

Bij de laatste opmerking verscheen een brede grijns op het gezicht van de rijke stoffenhandelaar Wallis, die al die tijd zwijgend naast zijn vrouw was blijven staan. Ze leidden hem naar de pronkkamer en boden hem een Muscadetwijn aan in een Venetiaans glas. De Koninck gaf de voorkeur aan rode wijn, maar liet dat niet merken. Na een tijdje nam Eduard Wallis afscheid omdat hij zich met een dringende zaak moest bezighouden. Maria van Strijp greep de gelegenheid aan om de Koninck haar kunstcollectie te tonen, die zij in een speciaal ingerichte kunstkamer bewaarde.

Veel burgers in de Zeven Provinciën bezaten kunst, maar Maria van Strijp had een verfijnde verzameling van de hoogste kwaliteit. Ze bezat een kerkinterieur van Pieter Saenredam en een groep muzikanten van Judith Leyster. Ook had ze een uitstekende fantasielandschap van Ruisdael. De Koninck deed zijn best om interesse te tonen in haar collectie. Terwijl ze hem door haar kunstkamer leidde, keek hij naar haar handen en haar hals. Haar gestalte leek veel op dat van de vrouw op zijn portret, voor zover hij dat kon beoordelen door het diepzwarte gewaad dat Maria van Strijp droeg.

Toen ze een map met gravures uit een lade trok, keek hij naar haar neus. Ze had dezelfde neusvleugels als de vrouw op zijn portret, dacht hij in stilte. En terwijl Van Strijp hem verschillende voortreffelijke gravures toonde op een daarvoor bestemde tafel, bleef zijn blik hangen op het halfprofiel en de bijzondere welving van haar neusbeen. De gelijkenis met zijn portret was opmerkelijk. Ook haar mond, waarbij de iets uitstekende onderlip eindigde in een fijne lijn, was precies zo weergegeven op zijn schilderij.

Nadat hij een tijdlang niets had gezegd, hield Maria van Strijp even in en vroeg of alles in orde was. Ze draaide zich direct naar hem toe, en nu keek de Koninck haar recht in het gezicht – iets wat hij zichzelf tot dan toe niet had durven toestaan. Maria van Strijp was ongetwijfeld een schoonheid. Maar haar haarlijn leek anders dan op zijn portret. Van Strijp had blonde krullen, terwijl de vrouw op zijn portret steil haar had. Nou ja, dacht de Koninck, een kapsel kan men veranderen.

Zoals te verwachten, informeerde Maria van Strijp naar de schilderijen die de Koninck te koop had. Ze toonde bijzondere interesse in de Ruisdael die hij bij Heck had gekocht. Hij verzekerde haar het eerste kooprecht en een eerlijke prijs. Onder normale omstandigheden zou hij nooit zo'n aanbod hebben gedaan. Hij ontving zijn klanten het liefst bij zich thuis; hij voelde zich ongemakkelijk in de rol van bezoeker. Misschien had hij sommige schilderijen die Van Strijp hem toonde iets te enthousiast geprezen.

Toen de kunstbezichtiging ten einde liep en Eduard Wallis zich weer bij hen voegde, was het moment aangebroken om zijn eigenlijke zaak aan te kaarten. Maar hij zweeg. Af en toe wierp hij een blik op het portret van Van Strijp, alsof hij daar het antwoord kon vinden op de vraag die hem bezighield. Maar hoewel hij normaal gesproken niet op zijn mond was gevallen, voelde hij zich vreemd verlamd en stamelde slechts enkele nietszeggende zinnen. Het echtpaar Wallis deed hun uiterste best om zijn bezoek te waarderen, maar afgezien van de beloofde Ruisdael kwam er niets ter sprake dat de Koninck werkelijk interesseerde. In de kunstkamer had hij uitsluitend een oog voor de persoon van de gastvrouw en had hij moeite gehad dat te verbergen. Die indiscretie zat hem dwars, vooral omdat Maria van Strijp zelf haar best had gedaan om hem gunstig te stemmen. Uiteindelijk voelde hij zich niet op zijn plaats, ondanks het buitengewoon vriendelijke en welwillende onthaal, en nam hij al snel afscheid – onder het voorwendsel dat hij nog een klant verwachtte, wat echter niet waar was.

Toen hij weer thuis was, onthulde hij meteen het portret van de onbekende vrouw. Met de frisse indruk van Van Strijp in zijn geheugen bestudeerde hij het schilderij opnieuw. Verspronck had inderdaad een vergelijkbare pose gekozen, maar dat hoefde op zichzelf niets te betekenen. Hij richtte zijn aandacht op de haarlijn van de vrouw en kwam tot de conclusie dat het onmogelijk Maria van Strijp kon zijn. Ook haar gezichtsuitdrukking was anders. Maria van Strijp leek hem een zachter, lieflijker persoon, terwijl de vrouw op zijn portret een ware verleidster was, die de toeschouwer in haar ban trok. Zijn portret leek te leven, te ademen, terwijl Verspronck in het schilderij van Van Strijp vooral haar elegantie had benadrukt. Bij zijn eigen portret had de schilder een grens overschreden die hij bij zijn voornamelijk Haarlemse cliënten niet mocht passeren. De Koninck besefte het plotseling: Verspronck was verliefd geweest toen hij de vrouw schilderde, en hij had het niet kunnen verbergen.

Hoofdstuk 10

De Koninck bestudeerde de gelaatstrekken van zijn portret met nog grotere nauwkeurigheid. Zijn blik gleed van het voorhoofd en de haarlijn naar de wenkbrauwen, en de subtiele overgang naar de neus. Hij bleef lang hangen bij de ogen, die hem op een bijna onwerkelijk natuurlijke manier aankeken. Zijn vader had hem ooit verteld dat in de meeste portretten het rechteroog direct op de kijker was gericht, terwijl het linkeroog subtiel afweek. Maar hier was dat niet het geval. Beide ogen keken hem recht aan. Het was alsof de vrouw werkelijk voor hem stond, levendig en tastbaar.

Bij sommige vrouwen zaten de ogen te diep of waren ze te groot, waardoor ze een uilachtige uitdrukking kregen. Anderen hadden donkere schaduwen onder hun ogen, alsof ze nachtenlang niet hadden geslapen. Soms waren de ogen simpelweg te klein om als bijzonder aantrekkelijk te worden beschouwd. Verspronck had al deze nuances geschilderd. Hij loog niet met zijn penseel, dacht de Koninck, en dat was precies zijn kracht. Zijn portretten waren niet slechts een weergave, maar een spiegel waarin de geportretteerde zichzelf herkende. Het eerste moment van confrontatie met zijn werk kon zelfs verrassend zijn, zoals Verspronck zelf ooit had opgemerkt. Niet zelden had hij vrouwen horen vragen: „Ben ik dat echt?"

Niet alleen de ogen, maar ook de neus was met een meedogenloze precisie weergegeven. De neus, dat onvermijdelijke kenmerk waaraan men een leven lang werd herkend. Te breed, te scherp, te lang—Verspronck schilderde het zoals het was, zonder vleierij. Had iemand een spitse neus, dan leek het alsof die met een schaar was uitgesneden.

Bij vrijwel iedere persoon was er een detail in het gezicht dat hen kenmerkte, ongeacht of ze er tevreden mee waren of niet. Dit had Verspronck voor de eeuwigheid vastgelegd. Of de geportretteerde nu een te kleine mond had of een te hoog of rond voorhoofd, een bleke huid of te rode wangen, Versproncks penseel was meedogenloos. Had de geportretteerde te smalle lippen, diepe jukbeenderen of een dikke hals, Verspronck schilderde het.

Niet alleen in details was hij een meester, maar ook in de weergave van de algehele indruk van een gezicht. Had een vrouw een neus en gezicht als een pekinees, dan was dat het eerste wat men dacht bij het zien van het portret. Had ze een hoofd als een ei of een wipneus, dan zag men dat meteen, hoe elegant of rijk de geportretteerde ook mocht zijn. Waren de wenkbrauwen te donker of te dik en verraadden ze een scherpe en wantrouwige blik, dan was wantrouwen het eerste waar men aan dacht. Dit gold voor niet weinig oudere vrouwen in Haarlem, dacht de Koninck. Verspronck had in sommige gevallen zelfs de tanden geschilderd, ook als ze slecht of donker waren. Welk portret men ook bestudeerde, er was altijd wel iets op de persoon aan te merken en men kon er zeker van zijn dat hij het had geschilderd. Ging het om een jong meisje dat op het eerste gezicht mooi leek, dan had ze misschien handen als die van een oude boerin. Of ze had een donkere vlek op haar huid, die Versproncks penseel genadeloos had vastgelegd.

Maar boven alles bepaalde de mond de uitdrukking van het gezicht. Hier toonde Verspronck zijn ware meesterschap. Was de onderlip breed en de bovenlip smal? Waren de mondhoeken iets te hoog, of de afstand tussen neus en mond te klein? Al deze details werden met een nauwgezetheid getoond die geen enkele andere schilder evenaarde.

Toch was er iets wat Verspronck nooit had gedaan: hij had nooit een lachende persoon geschilderd. Zijn portretten straalden altijd ernst uit, een zekere gereserveerdheid. Terwijl Frans Hals bekendstond om zijn uitbundige, vrolijke portretten, had Verspronck zich nooit gewaagd aan een uitgelaten glimlach. Geen enkel portret—behalve dat ene, het portret dat de Koninck bij de weduwe van Heck had gekocht.

De vrouw glimlachte hem toe. Niet op de luchtige, onbezorgde manier zoals Hals dat schilderde, maar subtiel, mysterieus, alsof ze elk moment tot leven kon komen en uit het kader zou stappen. Dat alleen al was uitzonderlijk en had de Koninck in eerste instantie doen twijfelen of het werk werkelijk van Verspronck was.

En wat voor een glimlach had hij geschilderd! Hals had vrolijke gezichten afgebeeld, soms uitbundige. Hij had zelfs dronkaards geschilderd. Zoiets zou Verspronck nooit hebben gedurfd. Maar de glimlach van de onbekende vrouw was meer dan die op de portretten van Hals. Het was een stille, maar des te indringendere glimlach. Men kon niet wegkijken, alsof het schilderij een geheime magie bezat. Verspronck had de gave om een mens zo te portretteren dat het leek alsof hij elk moment uit zijn stoel kon opstaan en de kamer kon binnenkomen. Precies zo was de vrouw in zijn droom verschenen. Ze was uit het schilderij gestapt en had zich naar hem toegewend. Hij probeerde zich te herinneren wat er daarna was gebeurd. Had ze gesproken? Haar lippen hadden bewogen, alsof ze wilde fluisteren. De Koninck stapte dichter naar het schilderij en bestudeerde haar mond. De vorm was perfect — niet te vlezig, niet te smal. Hij bleef onbewegelijk voor het schilderij staan, alsof hij verwachtte dat ze echt zou spreken. Maar uiteindelijk waren er slechts penseelstreken en verf te zien.

Hoofdstuk 11

Na het bezoek aan de familie Wallis besefte de Koninck dat hij met de methode van ‚huisbezoeken' niet veel verder zou komen. Hij moest andere wegen vinden om toegang te krijgen tot de dames van de Haarlemse samenleving. Die kans deed zich voor toen hij kort na zijn bezoek aan de Wallis een uitnodiging ontving voor een feestelijke bijeenkomst op buitenplaats *Elswout*.

De zomerresidentie Elswout, gelegen in het duingebied ten westen van Haarlem, was in de jaren 1630 gebouwd door de Vlaamse koopman Carl Jansz Du Moulin. Zijn handel reikte tot Rusland, waar hij Perzische zijde, kaviaar en juwelen verkocht, naast massagoederen zoals graan en vis. Bovendien had hij een monopolie op de export van Russische potas en was lange tijd de voornaamste leverancier van de tsaar voor Zweeds ijzer, bestemd voor de wapenindustrie. Voor de bouw van zijn buitenverblijf liet Du Moulin zich inspireren door Italiaanse architecten als Palladio en Vincenzo Scamozzi. Het bijna vierkante huis was een reconstructie van een Romeinse *villa suburbana*. Toen de Eerste Engels-Nederlandse Oorlog zijn Russische handel ruïneerde, moest Du Moulin de residentie in 1654 verkopen aan de grootkoopman Gabriel Marselis, die het landgoed de naam Elswout gaf.

Marselis financierde samen met zijn broer Selio de oorlogen die de Deense koningen Christiaan IV en Frederik III tegen Zweden voerden. Hij leverde schepen en wapens. De Deense koning had de gewoonte om zijn schuldeisers grondgebied uit het kroondomein te schenken in plaats van hen met geld terug te betalen. Hierdoor werd Gabriel Marselis de grootste landeigenaar in Denemarken en Noorwegen. Om in Elswout een tuin in Franse stijl aan te leggen, liet Marselis het zand uit de duinen op zijn landgoed afgraven en naar Amsterdam vervoeren. Hij betrok ook de Koninck bij het opbouwen van een uitgebreide kunstcollectie, die hij in Elswout bewaarde. De plek werd in 1660 zelfs beroemd, toen prinses Maria, vorstin van Oranje en gravin van Nassau, met haar tienjarige zoon Willem III van Oranje op bezoek kwam. Marselis greep deze gelegenheid aan om zijn hof met een nieuwe oprijlaan en een poortgebouw te verfraaien. In 1665 werd Marselis in de Deense adelstand verheven en noemde zich voortaan 'van Marselis'.

De Koninck was al vaker in Elswout ontvangen. Na het zakelijke gedeelte werd hij ruimhartig door de familie onthaald. Wanneer hij zich 's avonds laat per koets naar huis liet rijden, had hij vaak even de tijd nodig om te bekomen van de overweldigende rijkdom en pracht van de familie Marselis. Hij mocht de koopman en voelde zich vereerd dat *hij* en niet het huis Uylenburg in Amsterdam was ingeschakeld voor de selectie van zijn kunstcollectie. De Koninck had hier uiteraard goed aan verdiend, al vreesde hij de scherpzinnigheid van de bankier, die precies leek te weten dat zijn prijzen te hoog waren. Toch betaalde Marselis, deels uit ijdelheid, deels wellicht om aan de Koninck en de gehele Haarlemse elite te tonen dat hij het zich kon veroorloven. Iedereen moest weten dat hij een van de rijkste burgers van de Republiek was, bij wie zelfs koningen en vorsten in de schuld stonden.

Het was dan ook met gemengde gevoelens dat hij de uitnodiging voor een groot ontvangst op Elswout aannam. De gehele Haarlemse elite, inclusief de adel, zou aanwezig zijn. Dit bleek uit de rij statige koetsen en paarden die op de Neerweg voor het ommuurde landgoed wachtten, nadat ze hun heren tot aan de poort hadden gebracht. Marselis had zich net uit het zakenleven teruggetrokken en liet zijn Deense bezittingen voortaan door zijn zonen Wilhelm en Konstantin beheren. Deze gelegenheid moest uiteraard passend gevierd worden en een dergelijke uitnodiging afslaan was voor geen enkele Haarlemmer een optie.

Op de binnenplaats wemelde het van de Konincks klanten. Hij kwam nauwelijks vooruit, omdat hij overal vriendelijk werd begroet – iedereen wist immers dat Marselis *hem* als kunstadviseur had gekozen. Eigenlijk had deze gelegenheid de Konincks grootste triomf moeten zijn, maar op deze dag had hij slechts interesse voor de aanwezige dames. Zodra hij de gebruikelijke beleefdheden had uitgewisseld, richtte hij zijn aandacht op het vrouwelijke gezelschap en bestudeerde de gezichten van de vrouwen in de hoop de gelaatstrekken te herkennen die hij van zijn portret kende. Maar waar hij ook keek, geen enkele vrouw had overeenkomsten.

In afwachting van het grote banket stonden zowel buiten op de binnenplaats, als binnen in het hoofdgebouw, groepjes burgers en edellieden die elkaar allemaal leken te kennen en hem met bijna overdreven welwillendheid in hun kring opnamen. Zodra hij echter zijn blik op de dames richtte, betrok zijn gezicht. De een had een lelijke neus, de ander scheel kijkende ogen, of haar kin stak te ver naar voren. De jukbeenderen vertoonden kraaienpootjes of het voorhoofd was door ouderdomsverschijnselen getekend. Sommigen hadden ingevallen kaken waar de huid in plooien overheen hing. Het leek wel alsof hij deze dag omringd werd door lelijkheid. Alsof Adriaen Brouwer persoonlijk bij de poort van Elswout had gestaan en elke vrouwelijke bezoeker had getooid met een tronie zoals men die kende uit de beruchtste speelholen en rokerige herbergen van Haarlem.

Zodra Maria van Strijp hem zag, haakte ze haar arm in de zijne en liep met hem rond alsof hij tot de familie behoorde. Na zijn bezoek aan de Wallis was hij er vrij zeker van geweest dat zij niet de vrouw van zijn portret was. Maar nu begon hij weer te twijfelen door haar natuurlijke schoonheid en gratie, waarmee ze zelfs de adellijke dames overtrof. Uiteraard hoopte ze op een aanwijzing over wat Marselis had gekocht, nog voordat de verzamelde menigte werd toegelaten tot zijn kunstkamer. Onder normale omstandigheden zou hij haar graag zo'n gunst hebben verleend, maar na korte tijd maakte hij zich los. Hij voelde zich onrustig, aangetrokken tot de volgende groep, hopend daar de onbekende schoonheid te vinden die hem zo obsessief bezighield.

Hoe langer men hem echter ophield en om kunstadvies vroeg, hoe groter zijn wanhoop werd, iets wat hij met moeite wist te verbergen. Het was alsof de verzamelde Haarlemse elite zich had samengezworen om hem, Balthazar de Koninck, persoonlijk te kwellen. Overal raakte hij verstrikt in gesprekken met kunstminnende dames, die in niets leken op degene die hij zocht. Ofwel was zij niet verschenen, ofwel was ze onherkenbaar gehuld in een van die vele zwarte jurken.

Toen vier Thebaanse trompetten vanaf het balkon op het dak het begin van het banket aankondigden, kreeg de Koninck het gevoel dat Marselis deze theatrale blazers alleen had besteld om hem te bespotten. Het banket leek eindeloos; gang na gang werd opgediend. Zijn plaats aan tafel, dicht bij de gastheer, zou een eer moeten zijn. Maar naast hem zat de weduwe van de rijke koopman van Mancius, wier lelijkheid hem op deze dag als een persoonlijke belediging voorkwam. Terwijl de gesprekken om hem heen voortgingen, bleef hij de vrouwelijke aanwezigen observeren, voor zover de lange tafel dat toeliet. Maar hoe langer de maaltijd duurde, hoe uitzichtlozer zijn zoektocht werd.

Toen Marselis hem in zijn feestelijke toespraak ook nog eens persoonlijk prees voor zijn verdiensten bij de opbouw van de kunstcollectie en hij onder luid applaus moest opstaan, sprongen de tranen in zijn ogen. Degenen die het zagen, dachten dat het ontroering of vreugde was over de erkenning die hem door een van de rijkste mannen van de Republiek werd gegeven. Maar wat bedoeld was als een bekroning op zijn levenswerk, voelde voor hem als een gruwelijke karikatuur. Op deze dag voelde de Koninck zich de eenzaamste man van de Republiek. Het liefst was hij opgestaan en ongezien naar zijn koets geglipt.

Hoofdstuk 12

Enkele dagen na de ontvangst bij Marselis werd de Koninck ziek. Dokter Glasius, die onmiddellijk was gekomen nadat Neeltje hem had verwittigd, stelde hem gerust: het was slechts een verkoudheid en geen pest. Een paar dagen rust, veel zweten en thee drinken – dan zou hij snel weer op de been zijn. Neeltje deed haar uiterste best om hem dag en nacht te verzorgen, hem alles te geven wat hij nodig had. Op aanraden van de dokter zette ze thee van een Chinese plant, die ze op de Grote Markt bij een handelaar had gekocht. Met tegenzin nam de Koninck een paar slokken van het bittere drankje, enkel omdat de koorts en buikpijn hem deden denken aan de eerste symptomen van de pest, die al zoveel Haarlemmers fataal was geworden.

De volgende ochtend weigerde hij de thee en vroeg in plaats daarvan om koffie. Neeltje herinnerde hem aan de aanbeveling van dokter Glasius, maar voordat ze haar zin kon afmaken, had de Koninck met een zwakke beweging van zijn linkerhand – die uit het bed hing – duidelijk gemaakt dat hij het Chinese brouwsel niet nogmaals zou drinken.

Tegen de middag bracht ze hem zijn lievelingseten. Het was een gerecht dat ze altijd voor hem maakte om hem op te beuren. Eerst bakte ze worstjes, haalde deze uit de pan en sneed ze in kleine stukjes. Daarna liet ze ze smoren in boter met kruidnagel, nootmuskaat, zout en peper. Vervolgens voegde ze bloemkool, prei, knoflook en uien toe, samen met extra boter en bouillon. Maar tegen zijn gewoonte in at de Koninck nauwelijks. Soms klopte ze op de deur maar kreeg geen reactie. Was hij in slaap gevallen? Of wilde hij alleen zijn, zoals zo vaak wanneer hij werkte? Hoewel hij weinig met haar sprak, antwoordde hij op haar vragen – zoals of hij nog iets nodig had – alleen met dezelfde handbeweging, alsof zelfs een simpel ja of nee te veel was. Ze maakte zich zorgen dat zijn toestand verslechterde. Hij bleef in bed, sliep veel, en zij durfde pas binnen te komen als ze hem weer hoorde hoesten.

Toen hij zich na een paar dagen iets beter voelde, vroeg hij om Vergilius' „De ondergang van Troje". Het boek lag in zijn studeerkamer. Onder normale omstandigheden zou de Koninck zijn dienstmeid nooit zonder zijn aanwezigheid daar hebben binnengelaten, maar zijn ziekte maakte hem bijna onverschillig. Ze moest alleen het boek halen en verder niets aanraken, fluisterde hij. Neeltje knikte en haastte zich weg.

Terwijl zij zich korte tijd in zijn studeerkamer bevond, bekroop hem de angst dat ze het doek van het portret zou optillen. Hij keek naar de slingerklok die hij ooit had gekocht bij horlogemaker Ahasuerus Fromanteel in Amsterdam. De klok stond in zijn slaapkamer, zodat hij altijd wist hoe laat het was. Veertien tikken verstreken voordat Neeltje terugkwam en hem het boek overhandigde. Tussen twee hoestbuien door bracht hij een nauwelijks hoorbaar dankwoord uit. Neeltje glimlachte en verliet stilletjes de kamer.

De Koninck bleef nog een week in bed. Maar eenmaal per dag stond hij op om 'zijn vrouw' te bezoeken, zoals hij in stilte tegen zichzelf zei. Hoestend en moeizaam ademend strompelde hij naar zijn studeerkamer en staarde naar de vrouw in het zwart, die hem nu onbereikbaar leek. Het ergerde hem dat hij door zijn ziekte kostbare tijd had verloren – tijd die hij had kunnen besteden aan de zoektocht naar haar.

Hoofdstuk 13

Enkele jaren na de dood van zijn vrouw had de Koninck zich af en toe een kortstondige liefdesaffaire veroorloofd. Maar met het verstrijken van de tijd merkte hij dat ook deze hem al snel verveelden. Steeds vaker sloeg hij de kansen af die zich voordeden – zelfs van jongere vrouwen. Een tijdlang vroeg hij zich af of er misschien iets mis was met hem. Maar een gesprek met zijn vriend, de schilder Jan de Bray, stelde hem gerust. Het was volkomen normaal dat de lust met de jaren afnam, had de Bray gezegd. Zelf vond hij nog enkel vreugde in zijn kunst. 'Goed voor jou,' had de Koninck gedacht. 'Maar wat moet ík? Ik heb geen kunst, behalve die van de verkoop.'

Op een bepaald moment begon hij boeken te verzamelen. Eerst zeldzame edities van Plinius de Oudere en Seneca, later waagde hij zich aan gedurfde werken zoals een geïllustreerde uitgave van *L'Escole des Filles ou la Philosophie des Dames*. Het boek was moeilijk te verkrijgen; hij had zijn connecties moeten aanspreken om het via een anonieme drukker in Amsterdam in handen te krijgen. Een tijdlang amuseerde hij zich met de speelse dialogen tussen twee nichten aan het hof van Lodewijk XIV over de liefde – voor mannen, en voor elkaar. Maar toen ook dit hem geen voldoening meer gaf, begon hij 'verboden' boeken te verzamelen. Deze werden aan het einde van veilingen aangeboden als 'diversen', in het achterkamertje van de veilingmeester. Omdat hij daar niet persoonlijk wilde verschijnen, liet hij het werk over aan een tussenpersoon. Met een combinatie van verbazing en nieuwsgierigheid las hij de werken van Adriaen Koerbagh en een zekere Spinoza. Maar toen hij besefte dat ook zij slechts hun visie op de wereld uiteenzetten, verloor hij al snel zijn interesse. Na korte tijd gaf hij het verzamelen van boeken volledig op.

De Koninck was niet wat men een vrije geest zou noemen. Toch vond hij heimelijk plezier in ketterse ideeën. Niet omdat hij zelf revolutionair dacht, maar vooral omdat hij predikanten niet kon uitstaan. Hij waakte er echter voor om zijn mening openlijk te uiten – deels uit sluwheid, deels uit lafheid. De Koninck was een man die niet in zijn kaarten liet kijken. Hij kende zijn plaats en had alles om een comfortabel en tevreden leven te leiden – ware het niet dat er altijd diezelfde onvervulde wens bleef bestaan: een vrouw vinden met wie hij dit alles kon delen.

Maar die vrouw was nooit verschenen. Hij wist altijd wel iets te vinden om haar af te wijzen. Was ze te oud, dan vond hij haar te afgeleefd. Was ze jong, dan was ze te onervaren. En de gedachte dat een jongere vrouw zwanger van hem zou kunnen raken, hield hem tegen om haar serieus in overweging te nemen. Zijn vrienden – voor zover hij er nog had, afgezien van een paar schilders zoals de Bray – waren opgehouden met het aandragen van mogelijke kandidates. Hij antwoordde altijd met een beleefd 'Jaja', maar koos er steevast voor om alleen te blijven. 'De vrouw die je echt bevalt, moet eerst nog geschilderd worden,' had de Bray eens gekscherend opgemerkt.

En nu was er een geschilderde vrouw verschenen. En het was Verspronck die haar had geschilderd. Hij overwoog even of hij zijn zus in vertrouwen moest nemen, maar besloot het niet te doen. Alsof alleen al het uitspreken van zijn verlangen de kans om haar te vinden zou verkleinen. Op een dag, zo was hij ervan overtuigd, zou hij haar toevallig zien – en dan zou hij haar onmiddellijk herkennen. Waar die zekerheid vandaan kwam, wist hij zelf niet te verklaren.

De kleine, ingetogen glimlach op de lippen van het portret beviel hem, ook al onthulde het niet het mysterie dat zij leek te verbergen. Hij zag het als zijn taak om het raadsel op te lossen. En hoe langer hij naar die glimlach keek, hoe raadselachtiger hij die vond. Hij ging zo dicht mogelijk bij het schilderij staan en fluisterde zacht: 'Wie ben jij?', alsof het portret hem een antwoord zou geven. 'Zeg het me hier en nu – of vannacht in mijn dromen,' zei hij op een dag. Maar de vrouw bleef hem slechts zwijgend toelachen.

Hoofdstuk 14

Anna Theodora had een zoon gebaard. Na de twee meisjes was de Koninck de eerste die het kind mocht zien. Het lag in de armen van zijn zus, en toen hij het zag, keek hij eerst naar haar, alsof hij zeker wilde weten dat ze ongedeerd was. Adriaen werd pas in de winter terugverwacht. Het nieuws dat hij vader was geworden van een zoon zou hem pas maanden na de geboorte bereiken.

„Zijn naam is Adriaen," fluisterde Anna Theodora toen ze haar broer dichterbij zag komen.

„Natuurlijk, natuurlijk," antwoordde hij.

Zijn stem trilde – een zeldzaamheid. De kraamkamer was koud. De dienstmeid had hout op het vuur gelegd, maar het leek nauwelijks te helpen.

„Is er iets dat ik voor je kan doen?"

„Blijf even bij me, Balthasar."

Het was lang geleden dat hij zijn eigen naam zo uitgesproken had gehoord. Het klonk bijna alsof Anna Theodora over iemand anders sprak. Haar stem was zwak, nauwelijks hoorbaar. Hij dacht aan haar uitputting en hoopte dat Adriaen tevreden zou zijn, nu hij eindelijk een zoon had. Kinderen krijgen was iets wat de Koninck zijn hele leven had vermeden. Het was iets voor mensen die geen tijd hadden voor kunst. Maar had híj iets dat werkelijk van hem was? Hij dacht aan de talloze schilderijen die hij aan de burgers van Haarlem had verkocht. Geen enkel had hij voor zichzelf gehouden. Alles was verhandeld, omgezet in geld. Behalve één: het portret van de onbekende vrouw.

Hij keek naar het kleine kind, dat, gewikkeld in een doek, slapend aan de borst van zijn zus lag. Hij zal in de voetsporen van zijn vader treden, zoals ik in die van de mijne, dacht hij. Toen het kind zich bewoog, schoof het doek iets opzij en werd een deel van Anna Theodora's borst zichtbaar. Hij kon niet anders dan kijken. Misschien was het de naaktheid die hem aantrok, maar tegelijkertijd ook datgene wat hem ervan weerhield zich opnieuw aan een vrouw te binden. Toen zijn vrouw nog leefde, had hij het bed met haar gedeeld, maar in de laatste jaren van haar leven had hij maar zelden de liefde met haar bedreven. Ze had er nooit over gesproken. En nu ze gestorven was, betreurde hij het dat hij zo harteloos was geweest. Na enkele jaren was ze gestopt met vragen. Hij had haar nog maar zelden aangeraakt, alsof hij vreesde haar verlangen te wekken.

Hoofdstuk 15

De dag na zijn bezoek stierf Anna Theodora. Ze had bij de bevalling te veel bloed verloren. De vroedvrouw en een arts waren in allerijl gehaald toen ze ,s nachts hoge koorts kreeg, maar het mocht niet baten. Ze had nauwelijks nog kunnen spreken, en men had haar het kind moeten afnemen. Toen de Koninck werd gehaald, was het al te laat. Hij stond verstijfd en keek naar haar gesloten ogen, die in de schaduwen van haar oogkassen onbereikbaar leken. Hij had haar nauwelijks herkend toen hij de kamer betrad. In de verte klonk het gehuil van een kind.

In de dagen na haar dood dwaalde hij door zijn huis als een man die zijn weg kwijt was. ,s Ochtends bleef Neeltjes koffie onaangeroerd op tafel staan. Ze klopte op de deur van zijn kamer, maar hij reageerde niet. Hij staarde naar de kale muur voor zich, alsof daar de antwoorden verborgen lagen. Maar hij kon geen vraag formuleren. Levensvragen hadden hem nooit beziggehouden, zelfs niet na de dood van zijn vrouw. Hij had haar overlijden geaccepteerd zoals men een mislukte oogst aanvaardt, een brand of *de Delftse donderslag*, toen jaren geleden de kruittoren in Delft was ontploft.

Nu zijn zus er niet meer was, betreurde hij dat hij nooit met haar over het portret had gesproken. Met wie kon hij nu over zijn onbekende liefde praten? Men zou hem uitlachen of slechts het hoofd schudden. Nooit eerder had de Koninck zich zo eenzaam gevoeld. Hij liet meerdere veilingen aan zich voorbijgaan en zelfs de meest veelbelovende nalatenschappen konden hem niet meer boeien. Zelfs het bezoek van de groothertog van Toscane, Cosimo III de' Medici, aan Haarlem liet hij onopgemerkt voorbijgaan. Cosimo werd in Amsterdam ontvangen door het huis Uylenburgh en bezocht tijdens zijn reis door de Nederlanden vijftien schilders. Hij kocht een zelfportret van Bartholomeus van der Helst en verwierf werken van Ludolf Bakhuizen, Willem van de Velde de Oude, Otto Marseus van Schrieck en Nicolaes Maes. En natuurlijk bezocht hij Rembrandt, bij wie hij een zelfportret bestelde.

Maar de Koninck bleef in zijn ochtendjas gehuld in zijn studeerkamer. Telkens wanneer hij zich voornam om Marcus Aurelius of een andere Latijnse auteur te lezen, sloeg hij het boek na enkele zinnen weer dicht. Zijn kat sprong keer op keer op zijn schoot, en hij streelde haar afwezig. Alleen het gezang van Neeltje uit de keuken herinnerde hem eraan dat hij niet helemaal alleen was.

Hoofdstuk 16

Begin 17e eeuw vestigde Salomon de Bray een schildersatelier in Haarlem. Hij had het vak geleerd in de werkplaatsen van Goltzius en Cornelis van Haarlem. Samen met zijn vriend, de kleine gebochelde kerkenschilder Pieter Saenredam, verdiepte hij zich in de perspectiefleer. Hun kennis verwierven ze bij de wiskundige en cartograaf Pieter Wils, de maker van de stadsplattegrond van Haarlem. Zijn huis stond vol met meetkundige instrumenten, globes en kaarten. Bovendien bezat hij 259 boeken. Volgens Salomon waren meetkunde, schilderkunst en beeldhouwkunst nauw verwant aan architectuur. Alle kunst bestaat uit zekere en ware kennis, dus uit waarheid. Ook de bouwkunst stelt de waarheid voor, schreef hij in zijn werk *Architectura moderna ofte bouwingen van onsen tyt*. Ooit zou hij de nieuwe gevel van het Haarlemse stadhuis ontwerpen.

Zijn drie zonen, Jan, Josef en Dirck, leerden het schildersvak door kopieën te maken van de schilderijen van hun vader, die hij *Ricordi* noemde. De jongste van de drie, Dirck, had, net als zijn vader, lange lokken die tot op zijn schouders vielen. Hij was een buitenstaander met ongewone religieuze opvattingen. Het verbaasde de Koninck dan ook niet dat Dirck uiteindelijk stopte met schilderen en zich in een klooster terugtrok. Hij was, net als de Koninck, lid van het Sint-Lucasgilde, dat bijeenkwam in de *Schilderskamer* in het Haarlemse stadhuis. Daar vroeg Dirck hem om zijn zoon Maarten de kunst van het verkopen bij te brengen. In eerste instantie weigerde de Koninck, zoals hij altijd eerst weigerde, maar nadat de Bray volhardde, stemde hij ermee in de jonge man te ontvangen.

Het was Neeltje die de deur opende met haar gebruikelijke opgewektheid. Zonder hem in de wachtkamer te laten wachten – zoals bij voorname bezoekers gebruikelijk was – leidde ze Maarten de Bray direct naar de kunstkamer. Haar blik viel op zijn lange, slanke gestalte. Hij had een klein snorretje, dat hem goed stond, vond ze, en droeg een lichtblauw jasje, dat ze hem bij binnenkomst meteen had afgenomen. „Meneer de Koninck zal u zo ontvangen," zei ze met een stem die iets te enthousiast klonk. Althans, zo kwam het op de Koninck over, die de aankomst van de jongeman vanaf de galerij had gadegeslagen. Hij observeerde hem nog een tijdje terwijl hij voor een stilleven van Heda stond, voordat hij langzaam de krakende trap afdaalde, alsof hij tijdens belangrijk werk was gestoord.

De kennis van de jonge man bleek middelmatig. Noch de zeeslag van Van de Velde, noch het jachtstuk van d'Hondecoeter wist hij te identificeren.

Toen Maarten de Bray al vertrokken was en de Koninck in de keuken zijn avondmaal at, verbrak Neeltje plots de stilte.

„Ik vind meneer de Bray aardig."

De Koninck liet zijn lepel in het bord zakken en antwoordde: „Het gaat er niet om of hij aardig is, maar of hij iets van schilderkunst begrijpt."

„Geef hem wat tijd," zei Neeltje. „Hij lijkt leergierig."

„Zeker, zeker," mompelde de Koninck. Misschien zelfs iets té leergierig, dacht hij bij zichzelf, terwijl hij zich in zijn studeerkamer terugtrok en een blik wierp op Versproncks portret.

De jonge student toonde inderdaad ijver. Al snel gaf de Koninck hem de opdracht om zijn voorraad te ordenen – een taak waarvoor hij zelf noch tijd, noch zin had. Hij bracht hem naar zijn afvalkamer, waar hij alle schilderijen, schetsen en tekeningen moest bekijken en een volledige inventaris moest opstellen. „Misschien vinden we iets van waarde," zei hij nog voordat hij de jonge man alleen liet. Neeltje bracht hem een oude stoel, en zo begon Maarten de Bray aan zijn taak.

Hoofdstuk 17

M ensen hebben veel gemeen met schilderijen, had Verspronck ooit gezegd. Ze hebben dezelfde problemen wanneer ze ouder worden. De huid is als het oppervlak van een olieverfschilderij. Hij had gewezen op de lijnen en barsten die zich na verloop van tijd op een schilderij vormen en deze vergeleken met de rimpels en plooien in de gezichten van oudere mensen. Op dat moment werkte hij aan het portret van een oudere weduwe. De rimpels in haar gezicht waren diep in haar huid gegrift.

In tegenstelling tot Hals, die op doek schilderde, gebruikte Verspronck voor zijn latere portretten meestal panelen van eikenhout. Hij vond dat zijn rijke Haarlemse clientèle iets duurzaams verdiende. De spijkers waarmee het doek aan het spieraam is bevestigd, roesten, had hij eens tegen de Koninck gezegd tijdens een bezoek aan zijn atelier. Ze verzwakken het doek en veroorzaken snellere craquelé. Het hout van het spieraam verliest zijn stevigheid, en je ziet het op de plekken waar het doek om het frame buigt.

Het portret van de onbekende vrouw was op hout geschilderd, en toch vertoonde het fijne barsten. Dit deed de Koninck vermoeden dat het waarschijnlijk een vroeg werk van Verspronck was, mogelijk uit de jaren veertig. Als zijn veronderstelling klopte, moest de vrouw inmiddels twintig jaar ouder zijn. Maar hij twijfelde, want craquelé kon zich al binnen enkele maanden vormen, vooral als het schilderij aan vocht was blootgesteld. Misschien was dat bij Adam Heck het geval geweest. Hecks huis had hem niet bijzonder goed verwarmd geleken toen hij de nalatenschap kocht.

De eikenhouten panelen waarop Verspronck zijn portretten schilderde, waren van de hoogste kwaliteit. Ze kwamen uit de bosrijke gebieden van Noord-Polen of de Baltische staten en werden via de haven van Danzig, de Oostzee en het Deense tolgebied naar de Noordzee vervoerd. Voor de bouw van een Hollands zeilschip waren vierduizend eiken nodig. Voor een oorlogsschip met honderd kanonnen waren er zelfs vijfduizend nodig. Sinds het begin van de eeuw werden er windmolens gebruikt om scheepshout te zagen, waardoor de Hollanders een schip in vier maanden konden bouwen – waar de Engelsen een jaar voor nodig hadden. Zelfs de Russische tsaar Peter de Grote bestelde zijn schepen bij Hollandse werven.

Een portret op eiken panelen betekende dat de geportretteerde zich een dergelijk schilderij kon veroorloven. de Koninck concludeerde dat de vrouw uit de hoogste kringen van Haarlem moest komen. Ze was waarschijnlijk geen adel, anders had Verspronck het familiewapen in de linkerbovenhoek geschilderd. Hij had het schilderij schoongemaakt met een spons en wat galzeep om het stof en vuil te verwijderen dat zich door de jaren heen had opgehoopt. Vervolgens bracht hij een vernislaag van mastiekhars aan. Hij had de hoek waar Verspronck doorgaans een wapen schilderde meerdere keren met zijn loep bestudeerd, maar nergens was zelfs een spoor van een wapen te vinden. Het was dus niet overschilderd. De vrouw moest uit de burgerlijke kringen komen. Maar de Koninck kende alle Haarlemse burgerfamilies die zich zo'n portret konden veroorloven. Zo'n schoonheid zou hem zeker zijn opgevallen, net zoals alles wat mooi of op zijn minst uitzonderlijk was.

Heel even kwam de gedachte in hem op dat hij haar misschien in Amsterdam of zelfs in Den Haag zou moeten zoeken. Dat zou hem dwingen Haarlem te verlaten of te reizen. Alleen al bij die gedachte betrok zijn gezicht. Verspronck zelf had Haarlem zelden verlaten en had hem eens toevertrouwd dat het idee van een reis naar Amsterdam hem tegenstond.

Dan was er nog de mogelijkheid dat ze het slachtoffer was geworden van de pestepidemie van 1664, waarbij Jan de Bray zijn vader Salomon en zijn broer Joseph had verloren. De Koninck voelde een nauwelijks merkbare steek in zijn borst, alsof deze gedachte al een onontkoombare waarheid was. Hij moest al zijn stoïcijnse principes aanroepen om deze angst te verdrijven. Als hij zich er in een zwak moment aan overgaf, dreef het hem tot waanzin. Voor het eerst besefte hij dat hij zijn zelfbeheersing aan het verliezen was.

Hoofdstuk 18

De lente ging langzaam over in de zomer, maar in het jaar 1667 liet de zon zich zelden zien. De oogst was mager, en Neeltje had moeite om een fatsoenlijke hutspot te bereiden. Pastinaken waren op de markt nauwelijks te vinden. Overal hoorde men dat de aarde dit jaar weinig voortbracht, omdat het voorjaar opnieuw te koud en te nat was geweest. Slakken vraten zich vol aan alles wat bladeren had. De erwten en bonen bleven klein, en de wortelen waren zo dun en onbeduidend dat men ze nauwelijks in de grond kon terugvinden. De predikanten waarschuwden de gelovigen in de kerken: de magere oogst was een straf voor hun hebzucht naar luxe en hun goddeloze leven. Zelfs in juli moest Neeltje hout uit de kelder halen om het huis te verwarmen. De kachel in de keuken brandde dag en nacht. Door de turfverbranding hing er een bruine nevel over Haarlem, die zelfs de wind van de Spaarne niet kon verdrijven.

De Koninck sloot zich, gehuld in een warme mantel, op in zijn studeerkamer. Zijn kat nestelde zich op zijn schoot, alsof ook zij zich wilde verwarmen. Het doek bleef meestal over het portret hangen, alsof hij wilde vergeten dat hij in de lente verliefd was geweest.

Op een grauwe dag riep Maarten de Bray hem naar de opslagkamer. Op het tafeltje waaraan hij werkte, lagen drie naakttekeningen.

„Deze tekeningen lijken me goed," zei de jonge de Bray, met een lichte aarzeling in zijn stem.

„Gesigneerd?"

„Helaas niet."

De Koninck wierp een verwonderde blik op de schetsen, die in hun explicietheid niets aan de verbeelding overlieten. De tekenaar had de vrouw afgebeeld zoals God haar geschapen had. Hij wist niet meteen wat hij moest zeggen. In Haarlem waagden maar weinig schilders zich aan het vrouwelijk naakt. Zulke werken waren niet geschikt om in huis op te hangen, zelfs niet in de keuken. Misschien konden adellijke heren zich zulke kunst veroorloven, mits ze interesse hadden. Maar zij besteedden hun geld liever aan de jacht of dure kleding.

„Ze komen uit de nalatenschap van Adam Heck," voegde de Bray eraan toe.

De Koninck trok een wenkbrauw op en zei vervolgens: „Goed, ik zal ze boven bestuderen."

Hij nam de drie tekeningen mee naar boven en haalde de loep uit de kast die in de hoek van zijn studeerkamer stond en die hij zelden opende. Op elke tekening stond dezelfde vrouw afgebeeld. De arceringen in de schaduwen deden hem denken aan etsen van Rembrandt die hij kende. De lichte en donkere vlakken waren echter minder geaccentueerd. De tekenaar had het lichaam van de vrouw anatomisch correct weergegeven, en de details waren tot in perfectie uitgewerkt. Het leek de tekenaar er duidelijk om te doen geweest de bouw van het lichaam, de spieren en ledematen zo te tonen dat men ze bijna had kunnen bestuderen. Net als bij de dissectie van een lijk, dacht de Koninck. Hij had als jonge man, op bevel van zijn vader, een dergelijke dissectie bijgewoond in het anatomisch theater van Nicolaes Tulp in Amsterdam, vanaf de hoogste zitrij. Het had hem meerdere dagen gekost om de indruk van het geopende lichaam te verwerken. Hij had het besluit genomen dat het bij die ene keer zou blijven en dat hij zijn nieuwsgierigheid naar het menselijk lichaam zou beteugelen.

Terwijl hij de naakttekeningen bekeek, voelde hij dezelfde huivering als destijds tijdens de anatomische les. De tekenaar had de vrouw liggend op haar buik afgebeeld, met half gespreide benen. Het was alsof hij de toeschouwer uit wilde nodigen om precies die plek te zien waar de benen samenkwamen. Zelfs Rubens zou zoiets niet hebben aangedurfd. De schaamdelen waren altijd op de een of andere manier bedekt door een arm, een been, een doek of door een andere figuur in het schilderij. De Koninck hield de loep boven de contouren en bestudeerde de details. De achterzijde van het papier was leeg, wat suggereerde dat de kunstenaar zijn werk niet had willen vermengen met andere schetsen. Het waren geen voorbereidende studies voor een schilderij, daarvoor waren ze te gedetailleerd. Maar het gezicht van de vrouw was summier weergegeven, alsof de tekenaar wilde voorkomen dat ze herkend werd. Als men deze tekeningen wilde verkopen, zou men dat op een discrete manier moeten doen. Een schilderij ervan laten maken was ondenkbaar – niemand zou het kopen, behalve misschien een liefhebber van vrouwelijke schoonheid. De Koninck wist niet goed wat hij ervan moest vinden. Hij opende zijn kluis met de sleutel die hij altijd bij zich droeg en legde de schetsen onder zijn VOC-documenten.

,s Nachts sloop hij naar zijn studeerkamer en haalde de drie naakttekeningen opnieuw uit zijn kluis. Bij het licht van een kaars bekeek hij ze nogmaals aandachtig. Toen hij de volgende ochtend wakker werd, was hij er bijna zeker van dat het dezelfde vrouw moest zijn als op zijn portret. Ze had hetzelfde haar, alleen had Verspronck haar afgebeeld alsof ze rechtstreeks uit zijn bed was gestapt. Als hij een minnares had gehad, dan was zij het geweest. Maar waarom had hij haar dan in een zwarte jurk afgebeeld, een teken dat ze getrouwd was? Als hij een verhouding had gehad met een getrouwde vrouw uit Haarlem, zou hij een enorm risico hebben genomen. Was dat de reden waarom hij nooit was getrouwd? En was dat de reden waarom hij het portret uiteindelijk aan Heck had toevertrouwd? Maar daarmee liep hij juist een nog groter risico. Het had hem kunnen ruïneren. Anderzijds had Verspronck op een gegeven moment genoeg verdiend. Tijdens de laatste tien jaar van zijn leven had hij nauwelijks nog geschilderd.

Hoofdstuk 19

Op zondagen werd Neeltje opgehaald door haar zus Geertrui. De Koninck dronk in de keuken zijn zwarte koffie en at een stuk rijsttaart die ze de dag ervoor had gebakken. De kat had zich op een vrije stoel neergevlijd, die tegen de muur tegenover de oven stond, en sliep. Na de koffie ging de Koninck naar zijn studeerkamer om een stuiver voor Neeltje te halen. Wanneer de deurklopper twee keer op het eikenhout van de voordeur sloeg en Neeltje toesnelde, luisterde hij naar het vrolijke gekwebbel van de twee vrouwen. Nadat de eiken deur zich achter hen had gesloten en hun stemmen in de straat wegstierven, bracht de Koninck de ochtend alleen door in huis. Tegen de middag ging hij naar buiten om een pond kalfsvlees te eten.

Op een dergelijke zondagmiddag kreeg hij bezoek van zijn vriend Jan de Bray. Als hoofdman van het Sint-Lucasgilde in Haarlem was hij een gerespecteerd portretschilder, net als Hals en Verspronck. Zoals zijn broer Dirck was hij lang en slank, met krullend haar dat tot op zijn schouders viel. Zijn opvallende neus leverde hem af en toe plagerijen op. Hij was twee keer getrouwd geweest, maar beide vrouwen waren binnen twee jaar overleden.

Nadat Neeltje was vertrokken, had de Koninck het portret van de onbekende vrouw naar beneden gedragen en op een ezel in de kunstkamer geplaatst. Toen Jan de Bray het zag, zei hij niets. Hij bleef ervoor staan, zijn blik glijdend over de handen, de textuur van de stof, de manier waarop de kanten kraag en mouwen waren geschilderd. Hij keek ook lange tijd naar het gezicht, alsof hij diep in zijn geheugen naar iets zocht. De Koninck observeerde hem zwijgend van achteren en verbood zichzelf om te spreken. Hij had lang geaarzeld voordat hij het portret aan iemand toonde en de beslissing steeds uitgesteld. Maar toen hij zelf niet verder kwam, had hij Jan uitgenodigd, onder het voorwendsel dat hij hem „iets" wilde laten zien.

„En het is niet gesigneerd?" doorbrak de Bray uiteindelijk de lange stilte, zonder zich om te draaien.

„Nee."

„En het was deel van Hecks nalatenschap?"

„Precies. Zonder verdere aanduidingen."

De Koninck twijfelde of hij de drie naakttekeningen moest vermelden, maar hield zijn mond. Misschien wist Jan meer zodra hij het portret zag. Als iemand in Haarlem verstand had van portretschilderkunst, dan was het Jan de Bray.

„Tja... het is een Verspronck."

„Dat weet ik."

„Maar Verspronck signeerde altijd."

„Precies."

„Als het niet ergens op de stoel staat, dan ergens in de linkerhoek."

„Ja, bij vrouwen links en bij mannen rechts," voegde de Koninck toe.

„Heb je met de loep...?"

„Ik heb het hele schilderij meerdere keren onderzocht. Er is niets, ook geen wapen."

„Voor mij bestaat er geen twijfel dat het een echte Verspronck is. Het is gewoon te goed," zei de Bray.

„Zo is het."

„Maar je kunt het niet verkopen, omdat je niet weet wie het is."

De Koninck aarzelde. Hij wist dat hij zijn vriend niets wijs kon maken.

„Nou, zoals de zaken ervoor staan, is het onverkoopbaar," gaf hij uiteindelijk toe.

„Hang het dan bij jezelf op," grapte De Bray. „De vrouw is knap."

„Zeker... zeker... Ik zou alleen niet weten waar."

Op dat moment draaide de Bray zich voor het eerst om en barstte in schaterlachen uit.

„Je kunt haar in je keuken hangen, dan zie je haar elke dag."

Hij kon door het lachen de woorden „elke dag" nauwelijks uitspreken. De gedachte om een onbekend vrouwenportret in de keuken op te hangen, leek de Koninck zo grotesk, dat ook hij in lachen uitbarstte. Hun gelach galmde door het hele huis. Alleen Jan kon bij hem zo'n spontane vreugde losmaken. Ze wisten van de gewoonte van sommige burgers om kleine landschappen, stillevens of kroegscènes in hun keuken op te hangen, maar niemand zou op het idee komen om een vrouwenportret, dat in de salon thuishoorde, daar op te hangen.

De twee vrienden brachten de middag door met meerdere glazen wijn. Jan de Bray kwam nog meerdere keren terug op het portret en deed steeds absurdere suggesties over waar het kon hangen. Ondanks zijn verliezen had hij zijn levenslust nooit verloren. Misschien benijdde de Koninck hem daarom een beetje. In stilte wenste hij dat hij het leven net zo onbezorgd kon vieren als Jan. Op deze dag leken de vergeefse zoektocht naar de vrouw en het verlies van zijn zus even in rook op te gaan. Het lachen van zijn vriend had hem bevrijd.

Hoofdstuk 20

Na het bezoek van Jan de Bray verloor de Koninck zijn interesse in het portret. Hij plaatste het in een donkere hoek van zijn studeerkamer en draaide het schilderij naar de muur. Waarschijnlijk zou hij nooit te weten komen wie de vrouw op het portret was. Verspronck had zijn geheim mee het graf in genomen – en misschien was dat maar beter zo. De Koninck hervond zijn oude gewoonten: hij ging vaker uit eten, bezocht veilingen en kocht nalatenschappen op. Hij hervatte zijn leven alsof er niets was gebeurd.

Maar met zijn oude leven keerde ook de melancholie terug die hem al jaren vergezelde. Een sluimerende, ongrijpbare aandoening die velen trof, vooral in de donkere wintermaanden, wanneer de zon zich nauwelijks liet zien. Hij bracht lange avonden door in zijn studeerkamer. In het begin viel er nog een zwak licht door het raam dat op de straat uitkeek. Toen ook dat verdween, steunde hij met zijn kin op zijn hand en staarde in het zwakke licht van een enkele kaars naar de lege muur voor zich.

Op zijn schrijftafel stond een zandloper en lag een open schaar, die hij vergeten was op zijn plaats terug te leggen. Enkele folianten stapelden zich op, en daarnaast lagen twee boeken: één open en één gesloten. Het gesloten boek was een leerdicht van Lucretius, *Over de natuur der dingen*, dat Ruisdael hem had geschonken. Het trok elk religieus streven in twijfel en probeerde de lezer gemoedsrust en kalmte bij te brengen. Hij had herhaaldelijk geprobeerd het te lezen, maar gaf steeds op. Het open boek was een Latijnse uitgave van de *Oden* van Horatius, die standvastigheid en soberheid predikten. Zijn inktpot was bijna leeg en de schrijfveer, waarmee hij in zijn kasboeken schreef, hing ver over de rand van de tafel. In de roemer zat nog slechts een klein slokje wijn. Een gebarsten walnoot, die hij niet had gegeten omdat deze rot was, bleef onaangeroerd liggen. Hij draaide de zandloper om en keek hoe het zand langzaam van het bovenste naar het onderste glas liep. Toen het bovenste glas leeg was, draaide hij de zandloper opnieuw om en keek weer. Op een gegeven moment liet hij zijn hoofd in zijn handen zakken, zijn vingers door zijn steeds dunner en grijzer wordende haar strijkend. Soms leek hij slechts te dromen, verloren in zijn eigen gedachten. Hij werd pas uit zijn overpeinzingen gerukt toen hij zijn kat tegen zijn benen voelde. De kaars was uitgegaan. Op de tast zocht hij in een lade naar een reservekaars, alsof hij in de duisternis zocht naar iets van een houvast.

Hoofdstuk 21

De Koninck was aan de stilte in huis gewend geraakt. Wanneer hij Neeltjes gezang in de verte hoorde, hield hij zich stil. Het was alsof het hem herinnerde aan iets wat hij lang geleden had verloren en dat nu uit de diepten van zijn geheugen oprees. Op een late novembermiddag werd hij echter niet door gezang, maar door luid gelach opgeschrikt. Het leek uit de keuken te komen. Hij stond op en opende de deur van zijn studeerkamer een beetje, zodat hij beter kon luisteren. Hij herkende Neeltjes stem, luid en levendig, afgewisseld met een mannelijke lach. Het was het lachen van Maarten de Bray, dat samenvloeide met Neeltjes vreugde. Daarna werd haar stem zachter, tot ze samen opnieuw in een uitbarsting van plezier vervielen.

Hij realiseerde zich dat hij zelf sinds het bezoek van Jan de Bray niet meer had gelachen. Bij de bijeenkomsten van het Sint-Lucasgilde ontstond soms vrolijkheid, vooral na enkele glazen wijn. De Koninck lachte dan wel mee, maar nooit zo uitbundig als Frans Hals of zijn vriend Jan.

Een moment overwoog hij om er een einde aan te maken, maar hij besloot uiteindelijk de deur van zijn studeerkamer te sluiten en te wachten tot het lawaai ophield. Hij bleef in zijn stoel zitten, als iemand die het einde van een storm afwachtte. Zijn kat was dichterbij geslopen en wachtte tot hij haar zou aaien.

Enkele dagen later werd hij opnieuw opgeschrikt door rumoer in huis. Dit keer kwam het niet uit de keuken. Hij hoorde snelle voetstappen in de gang, vergezeld van een opgewonden gil. Ditmaal verliet hij de studeerkamer en bleef in een donkere hoek naast de linnenkast staan. Het geflirt tussen de twee eindigde in gedempt gelach, en hij meende zelfs een zacht *Pssst...* te horen. Het werd stil, tot het gelach opnieuw oplaaide. Ditmaal leek het uit zijn afvalkamer te komen.

Het zou hem eigenlijk niets moeten schelen wat die twee deden, zolang ze maar geen kattenkwaad uithaalden in zijn huis, dacht hij even. Maar op de een of andere manier voelde hij zich ongemakkelijk bij het idee dat Maarten de Bray het op zijn dienstmeid had gemunt. Hij kon er een einde aan maken door de jongen weg te sturen, onder het voorwendsel van een verzonnen reden. Maar daarmee zou hij zichzelf alleen maar belachelijk maken. Het zou de twee niet weerhouden om elkaar in het geheim te blijven ontmoeten. Misschien was het juist deze angst die hem aanvankelijk had weerhouden om Maarten de Bray in huis te nemen. Hij wist dat jonge mensen zichzelf niet altijd onder controle hadden.

Hij had liever nee gezegd, ware het niet dat Dirck de Bray zo vastberaden was geweest. Hij had de jonge man keer op keer op zijn taken moeten wijzen. Hij was wel leergierig, maar niet bijzonder ambitieus – een eigenschap die de Konincks interesse meer had kunnen wekken. Voor hem waren zowel Maarten als Neeltje personeel, een deel van zijn huishouden. Een extra mond om te voeden. Maar de gedachte dat Maarten Neeltje zwanger zou kunnen maken, bezorgde hem ongemak. Dat moest in ieder geval worden vermeden. Zijn leven met Neeltje was tot nu toe rustig en goed geweest. Ze kookte voor hem, hield het huis schoon en schrobde dagelijks de gang, de kunstkamer en de ontvangstkamer. Maarten de Bray verstoorde dat. Hij verstoorde de stilte en het evenwicht dat de Koninck zo zorgvuldig had bewaakt.

Hoofdstuk 22

Op een zondag klopte er iemand aan de deur. Neeltje was, zoals gewoonlijk, weggegaan en de Koninck was alleen thuis. Toen hij de deur opendeed, stond hij oog in oog met de magere gestalte van Engel Verspronck. De man droeg een grote map onder zijn arm en keek hem met schuchtere ogen aan. Hij had iets om te laten zien, zei hij met een bijna hese stem.

De Koninck nam zijn mantel en zwarte hoed aan en leidde hem naar de ontvangstkamer. Het was een zonnige dag en helder licht stroomde door de hoge ramen naar binnen.

„Mijn zus is naar de mis in de Schuilkerk gegaan en weet niets van mijn bezoek aan u. Ze zal echter spoedig terug zijn, dus ik heb weinig tijd," fluisterde hij, alsof hij vreesde dat Aertge tijdens de mis kon horen wat hij in de Konincks huis zei.

„Ik heb iets in deze map dat u zou kunnen interesseren, mijnheer de Koninck."

De Koninck gebaarde Engel Verspronck de map op de eikenhouten tafel te leggen en los te maken.

„Ik heb deze map van mijn broer in huis verborgen. Mijn zus weet niet dat deze bestaat."

De Koninck kon het nauwelijks geloven. De map bevatte tekeningen en schetsen van de schilder, waaronder verschillende naaktstudies die Verspronck had gemaakt. Meteen herkende hij de vrouw. Er waren gedetailleerde studies van haar gezicht in profiel en halfprofiel, schetsen van haar handen, sommige met kanten manchetten en andere zonder. Sommige tekeningen toonden haar in eenvoudige kleding, andere in weelderige gewaden, alsof ze tot een vermogende familie behoorde. Vrijwel altijd droeg ze een kraag van kostbaar kant. Er waren zelfs afzonderlijke studies van de kanten banden zelf, alsof Verspronck het ingewikkelde schilderwerk van een kanten patroon eerst moest schetsen voordat hij het kon schilderen.

„En al deze schetsen hebben betrekking op dezelfde persoon?" wilde de Koninck zich verzekeren.

„Zo is het."

„En deze vrouw woonde bij u?"

„Ze heette Geertje en was onze dienstmeid, totdat mijn broer vijf jaar geleden stierf."

„Heeft ze u na de dood van uw broer verlaten?"

„Mijn zus heeft haar ontslagen."

„Ontslagen? Waarom?"

„Wel, mijn zus en Geertje konden niet goed met elkaar overweg," zei Engel op gedempte toon. „Mijn broer had een bijzondere band met Geertje. Ze was... nou ja, ze was..."

„Zijn geliefde?"

„Zo zou je het kunnen zeggen, ja."

„En dat beviel uw zus niet?"

„Ze had het altijd over schande. Mijn zus is erg religieus."

„Wel, de dienstmeid heeft uw broer blijkbaar geïnspireerd."

Engel Verspronck keek de Koninck aan, alsof hij niet goed begreep wat hij bedoelde. De Koninck kon zijn ogen niet afhouden van de vele schetsen en tekeningen.

„En waarom laat u mij deze tekeningen zien?"

„Mijn zus weet niets van het bestaan van deze map. Ik moest ziekte veinzen zodat ik haar niet naar de mis hoefde te vergezellen. Daarom heb ik weinig tijd."

„En waar is Geertje nu?"

„Dat kan ik u niet zeggen. Ze werd door mijn zus zonder eer ontslagen, en sindsdien heb ik haar niet meer gezien."

„Zonder eer?"

„Er was geen aanbevelingsbrief."

„Geen aanbevelingsbrief? Ze heeft de vrouw na jarenlange dienst zomaar op straat gezet?"

Engel Verspronck zweeg. De Koninck begreep dat hij zich schaamde omdat hij niet meer voor haar had kunnen doen. Gehaast vroeg Engel om zijn hoed en mantel, en enkele ogenblikken later bevond de Koninck zich alleen in de ontvangstkamer. De eikenhouten tafel lag bezaaid met tekeningen en schetsen van de vrouw die hij al maanden zocht.

Hoofdstuk 23

Verspronck had de schetsen als voorstudies voor zijn portret gebruikt. De Koninck herkende alle motieven die op het schilderij te vinden waren. Er waren studies van de kanten manchetten van de vrouw, die Verspronck op het portret exact had weergegeven. Dat was merkwaardig, want Verspronck was nooit een tekenaar geweest. Wanneer hij de opdracht kreeg een persoon te portretteren, liet hij deze naar zijn atelier komen. De geportretteerde had dan de moeilijke taak om urenlang in absolute stilte neer te zitten, want Verspronck was zwijgzaam. Het was een vermoeiende en saaie bezigheid en degene die geportretteerd werd, kreeg het portret pas na maanden te zien. Verspronck schilderde direct met olieverf wat hij voor zich zag. Hij vroeg de geportretteerde precies in de positie te blijven waarin hij of zij was geplaatst. De kleinste beweging kon ervoor zorgen dat de plooi in de jurk verschoof. Een plooi die eerder werd benadrukt door een lichtinval van opzij, kon nu plots in de schaduw vallen, en een plek die eerder in het donker lag, kon opeens in fel licht baden. Verspronck had, zoals de meeste schilders, zijn atelier aan de noordkant van zijn huis ingericht, zodat er alleen helder licht binnenviel, maar geen direct zonlicht. Toch zorgde de wisselende bewolking ervoor dat het licht in het atelier voortdurend veranderde. „Op sommige dagen zou ik mijn penselen tegen de muur kunnen gooien," had Verspronck hem ooit toevertrouwd. „Elk ogenblik is het licht anders. Het maakt niets uit of de geportretteerde geduldig is. De voortdurend veranderende bewolking doet al het werk teniet."

Het was een opmerkelijke bekentenis, want Verspronck was de rust zelve geweest. Althans, dat was de indruk die de Koninck van hem had, want juist die eigenschap drukte zich in zijn schilderkunst uit. Zijn stijl was het tegenovergestelde van die van Frans Hals, die zelf voortdurend in beweging was en bijna nooit stil kon zitten. Misschien was het eindeloze stilzitten de reden waarom Verspronck uiteindelijk stopte met schilderen. Misschien had hij genoeg gehad van het geconcentreerde werken aan een of ander schilderkundig detail, of het nu een schaduw onder een oog was, een uitstekende oorlel of een diepgrijze vouw in een mantel. Misschien had hij op een dag gewoon willen leven. Geld had hij genoeg. En misschien had hij met zijn dienstmeid Geertje willen leven, ook al werd dat door zijn jaloerse zus afgekeurd. Misschien had hij daarom al die schetsen van haar gemaakt, omdat het hen in het atelier niet lukte om zelfs maar een uur stil te zitten.

De Koninck had nog zoveel vragen voor Engel Verspronck gehad. Maar hij was net zo snel verdwenen als hij was gekomen – als iemand die slechts een boodschap had over te brengen zonder er verder iets over te zeggen. Hoe had Verspronck zo kunnen vertrouwen op zijn dienstmeid? De dure jurk die ze op het portret droeg, was zeker niet van haar. Had hij die ergens geleend of gekocht? Of had hij de jurk van zijn zus genomen? Was Verspronck een soort vrijdenker geweest die het niet zo nauw nam met de zeden? Men zou het tegendeel vermoeden. Misschien was hij gewoon verliefd geweest en had hij de meest wonderlijke dingen bedacht. Misschien had hij op een dag genoeg gehad van het schilderen van de stijve en verwaande burgers van Haarlem. Hij had zijn dienstmeid precies zo afgebeeld als ze zich op dat moment voelde. Ze was verliefd en had onophoudelijk moeten glimlachen. En Verspronck had dat met zijn penseel vastgelegd. Hij had haar afgebeeld op een manier die eigenlijk niet mocht: alsof ze na de liefde uit zijn bed was gestapt en haastig de dure jurk van zijn zus had aangetrokken. Misschien had Aertge met afgunst aan de deur geluisterd en gewenst dat de dienstmeid in de hel zou belanden, omdat ze haar broer van zijn werk afhield. Een portret van een dienstmeid in een burgerlijke jurk – in háár jurk – was onverkoopbaar. Het kon Verspronck blijkbaar niets schelen. Hij had zichzelf bevrijd van zijn eigen werk. Hij was een vrij man geworden die precies deed wat hij wilde. Daar benijdde de Koninck hem om want zelf leek hij niet in staat te zijn een dergelijk leven te leiden.

Hoofdstuk 24

Het idee om verliefd te zijn op een dienstmeid – en dan nog wel op de dienstmeid van Verspronck – stond de Koninck helemaal niet aan. Hij had gewild dat Versproncks geliefde uit een burgerlijke familie kwam. En nu moest hij de vrouw zoeken in de laagste kringen van de stad. In gedachten zag hij zichzelf al door kroegen zwerven waar onafgebroken met kaarten werd gespeeld, gerookt, gedronken en gevloekt werd. Hij zag zichzelf door de wasserijen en bleekvelden van Haarlem lopen, waar het altijd vochtig was en waar enkel diegenen werkten die nergens anders terechtkonden. Of nog erger: hij zag zichzelf 's avonds door de donkere steegjes bij de Bakenessergracht sluipen, waar het wemelde van zeelieden en reizigers. Het was toch ondenkbaar dat hij de vrouw eerst moest kopen om te ontdekken of zij overeenkwam met Versproncks schetsen. In hoeveel kroegen zou hij zich moeten begeven om haar te vinden? Nog afgezien van het risico dat een van zijn klanten hem zou ontdekken of dat hij een ziekte zou oplopen.

Het was beter om het hele verhaal te laten rusten. Wie wist hoe de vrouw op het portret er vandaag uitzag? dacht hij, terwijl hij alleen door het huis liep, gevolgd door zijn kat. Het zou veel verstandiger zijn om alleen te blijven dan zich opnieuw in een avontuur te storten. Op zijn eenenvijftigste was hij daar echt te oud voor. Avonturen waren iets voor jonge mensen, voor hen die nog geloofden dat het leven vol beloftes lag. Iedereen boven de dertig wist dat daar buiten bitter weinig te halen viel. Het was verstandiger om tevreden te zijn met wat men had bereikt en een rustig en comfortabel leven te leiden. Dat was precies het leven dat hij al jaren leidde. Zijn zus had hem weliswaar van het tegendeel proberen te overtuigen, maar het had hem nooit echt geraakt.

Het stond hem totaal niet aan dat Engel Verspronck zich uit de schaduw had gewaagd. In plaats van met schildersschetsen of portretten aan te komen, had men beter direct de persoon naar hem toe kunnen sturen. Maar hij moest toegeven dat zijn zoektocht naar de vrouw op het portret in het geheim was doorgegaan, ook al had hij het zichzelf aanvankelijk niet willen bekennen. Het was alsof hij niet kon sterven voordat hij het raadsel van de onbekende vrouw had opgelost. Als hij het niet wist op te lossen, dan leek het hem dat hij zelfs na zijn dood zou moeten blijven zoeken – en wie wist wie hem daarbij zou kunnen helpen.

De map was een vloek. Na het bezoek van Jan de Bray had hij de zaak als afgesloten beschouwd. De opgave om de vrouw te vinden had hem onoplosbaar geleken – als ze überhaupt nog leefde. Hij hoefde maar ergens in Haarlem rond te lopen of een uitnodiging voor een ontvangst aan te nemen, en meteen werd hem een van de ongetrouwde dochters van het huis aangeboden. Sommigen schaamden zich zo weinig dat ze zelfs hun dochters meenamen wanneer ze een schilderij bij hem kwamen kopen. Hij hoefde alleen maar toe te happen. Natuurlijk had hij de dames bekeken, maar hij had altijd wel iets op hen aan te merken.

In stilte had hij gedacht dat hij moest wachten tot de juiste vrouw zijn huis binnenstapte – degene tegen wie hij zonder voorbehoud ‚ja‘ kon zeggen. Maar hij had in tien jaar tijd nooit ‚ja‘ kunnen zeggen. Zelfs niet een klein beetje ‚ja‘. In feite was het altijd een ‚nee‘ geweest, zelfs als de kandidate knap was. Rijk hoefde ze niet te zijn, want dat was hij zelf. En van opleiding hield hij ook niet veel. Wat werd hem niet allemaal aangeprezen? Als de dames niet goed konden naaien of kantklossen, speelden ze uitstekend klavecimbel of luit. Sommigen schreven verzen of zongen als een nachtegaal. Anderen hadden Latijn gestudeerd of schilderden zo goed als Judith Leyster, als men de beschrijvingen van hun ouders mocht geloven. De ouders dachten waarschijnlijk dat hij op zoek was naar de vrouwelijke Frans Hals of Rembrandt. Maar als hij goede schilderijen wilde, hoefde hij ze alleen maar te kopen.

Eens was hij even gevallen voor een voorname weduwe die een bloemenschilderij van Jan Knoop bij hem had gekocht. Ze was zonder begeleiding naar hem toe gekomen, wat op zich al verbazingwekkend was. Ze had uitgebreid de tijd genomen om het beschikbare aanbod in zijn bestand te bekijken. Het bloemstuk was slechts een tweederangs werk geweest. Alleen die reden was voor de Koninck al genoeg geweest om zich niet verder voor de persoon te interesseren. Maar ze maakte geen aanstalten om te vertrekken, en hij had zich gedwongen gezien om Neeltje om twee glazen witte wijn te vragen, nadat ze was gaan zitten. Toen

Neeltje met de glazen kwam, was hij het liefst meteen weer opgestaan om de dame naar de deur te begeleiden. Maar ze bleef maar praten en stelde hem onbelangrijke vragen over schilderkunst. Ze had hem herhaaldelijk verleidelijk aangekeken, en hij had het gevoel gehad dat hij zijn huis – Neeltje inbegrepen – tegen haar avances moest beschermen. Uiteindelijk had hij haar met het gebruikelijke voorwendsel dat hij nog naar een nalatenschap moest, kunnen laten vertrekken. Hij had het belletje geluid zodat Neeltje haar naar de voordeur kon begeleiden. De ervaring met de weduwe had hem ervan weerhouden om verdere aanbiedingen überhaupt nog in overweging te nemen. Wanneer een klant zonder begeleiding verscheen, werd het belletje ingezet, en Neeltje hielp hem om het verblijf van de vrouwelijke persoon in zijn huis zo kort mogelijk te houden.

Hoofdstuk 25

De Koninck nam Maarten de Bray mee naar veilingen en leerde hem de kneepjes van het vak. Hij toonde hem welke werken de moeite waard waren, tegen welke prijs, en welke schilders hij beter kon vermijden. De Koninck kende zijn clientèle, hun smaak en wat ze bereid waren te betalen – bijvoorbeeld voor een goed werk van Gerrit Dou of Gerard ter Borch. Hij liet de jonge man raden en corrigeerde hem waar nodig. Al snel vertrouwde hij hem toe zelf te bieden, een taak die hij tot dan toe alleen aan ervaren tussenpersonen had overgelaten.

Hij leerde hem vooral hoe hij bij nalatenschappen te werk moest gaan. Je moest een zure uitdrukking opzetten, alsof je zelf door het overlijden van een familielid getroffen was. Wanneer de inventaris werd getoond, mocht je niet laten blijken dat er iets bijzonders tussen zat. Wel moest je alles nauwkeurig registreren wat je werd getoond, maar je moest doen alsof het slechts om tweederangs of zelfs derderangs werken ging. Na een snelle rondgang moest je zo snel mogelijk richting de uitgang lopen. Werd je dan gevraagd of er iets van je gading bij was, dan moest je diep zuchten. Merkte je de bezorgdheid op het gezicht van de verkoper, dan deed je een bod op de hele inventaris – een bedrag ver onder de verwachtingen. Ging de verkoper akkoord – wat vaak gebeurde omdat velen hun schilderijen snel kwijt wilden of dringend geld nodig hadden – dan was de strijd al gewonnen, zei de Koninck tegen Maarten de Bray. Begon de verkoper te onderhandelen, dan moest Maarten een reeks argumenten paraat hebben. Hij moest wijzen op de hoge opslagkosten, de tijd die het kostte om schilderijen te verkopen, en de voortdurende oorlogen waarin de Verenigde Provinciën verwikkeld waren. Hij moest de onzekerheid beklemtonen, die kopers ervan weerhielden om luxegoederen zoals dure schilderijen aan te schaffen. Kortom, men moest de indruk wekken dat het beroep van kunsthandelaar het meest risicovolle beroep was dat men zich kon voorstellen.

Als je in de ogen van de verkoper een zekere berusting opmerkte, of het gevoel dat hij de zaak snel wilde afhandelen, moest je met een vluchtige blik op de inventaris iets zeggen als: „Nou goed, ik bied u zoveel gulden voor..." Je moest de prijs iets verhogen en zo de indruk wekken dat je hem tegemoetkwam. In de meeste gevallen had je al gewonnen. Je moet begrijpen, zei de Koninck, dat mensen bij een sterfgeval haast hebben, omdat ze de zaak liever gisteren dan vandaag achter zich willen laten. En precies daarin lag hun opgave: de kunsthandelaars waren degenen die hen van deze last verlosten – en wel snel. Ze waren ook degenen die direct contant geld in de huizen van de overledenen brachten – iets wat altijd welkom was en in niet weinig gevallen zelfs broodnodig.

Na een aantal nalatenschappen liet de Koninck de jonge man zelfs de onderhandelingen voeren. Op een dag slaakte Maarten zo'n diepe zucht toen de verkoper naar de prijs vroeg, dat de Koninck zich nauwelijks kon inhouden om niet in lachen uit te barsten. Hij moest doen alsof hij een hoestbui kreeg. Pas nadat hem een glas water werd aangeboden, slaagde hij erin zichzelf te herpakken. Hij liet Maarten de Bray de rest van de onderhandeling doen, die kort was, want de verkoper accepteerde de genoemde prijs alsof het bijna een belediging was om überhaupt geld te vragen voor al die prutswerken.

Goedgehumeurd keerden ze huiswaarts. Terwijl de knechten de schilderijen naar de kunstkamer brachten, legde de Koninck bij elk stuk uit welke prijs hij ervoor zou vragen. Even opgewekt begaven de twee mannen zich daarna naar de keuken, waar Neeltje al met dampende pannen op hen stond te wachten.

Hoofdstuk 26

De zomer van 1668 was een van de warmste in jaren. Wie een buitenplaats bezat, bracht daar het merendeel van zijn tijd door. De jonge Republiek had het jaar ervoor vrede gesloten met Engeland, en de pogingen van de omringende grootmachten om het land in toom te houden, waren mislukt. Haarlem en Amsterdam herstelden van de laatste pestepidemie, en men geloofde opnieuw in de toekomst. De commerciële successen van de Nederlandse vloot zou het land vooruit helpen. Uiteindelijk, zo dachten sommigen, zou iedereen rijk zijn.

De Koninck stond toe dat de maaltijden buiten op de binnenplaats werden gegeten. Dat was sinds de dood van zijn vrouw niet meer gebeurd. Er waren worsten, uitstekend witbrood en Franse wijnen. Neeltje kookte gerechten met mosselen en garnalen. Op sommige dagen serveerde ze rund- of kalfsvlees. Bij bijna elke maaltijd waren er sinaasappelen en vijgen. De vooruitgang die Maarten de Bray had geboekt, gaf de Koninck een zekere voldoening. Misschien wordt die jongen toch nog iets, dacht hij.

Af en toe kwam ook Jan de Bray dineren, wat alleen maar bijdroeg aan de vrolijkheid. De Koninck beschouwde het kleine gezelschap een beetje als zijn familie, hoewel hij zich in zijn hart nog steeds eenzaam voelde. Alleen zijn kat leek dit te begrijpen, want het dier zocht steeds weer zijn schoot op. Hij bleef het dier aaien, zelfs toen het gezelschap in schaterlachen uitbarstte na een grap die zijn vriend Jan had verteld. De Koninck hoorde erbij – en hoorde er niet bij. Hij leek een van die eigenaardige mensen te zijn die, hoewel ze niets tekortkwamen, toch het gevoel hadden dat hen het allerbelangrijkste ontbrak. Ze waren alleen niet in staat om te benoemen wat dat was, laat staan om een oplossing te vinden.

Neeltje en Maarten de Bray zaten meestal naast elkaar, en de Koninck keek met enige verbazing naar de toenadering tussen hen. Neeltje keek af en toe in zijn richting, maar hij vermeed haar blik. Voor hem was ze niet meer dan personeel: iemand die met respect behandeld moest worden, maar niet meer dan dat. Hij betaalde haar voor haar werk. Dienstmeiden kwamen en gingen. Ze waren vervangbaar, en het was onverstandig om zich aan hen te hechten. Hij had genoeg gehoord over dienstboden die zich misdroegen: meisjes die luistervink speelden bij hun meesters, brieven lazen die de huisvrouw achteloos had laten slingeren, of in kasten rondsnuffelden. Sommigen werden zelfs betrapt terwijl ze openlijk een mantel, laarzen of zelfs een hoed van hun heer droegen. Dienstboden waren daarom niet te vertrouwen en men moest altijd een zekere afstand tot hen bewaren.

Schilders maakten hen soms tot onderwerp van hun werk, zoals Gerrit Dou, maar dat was in zijn ogen een commerciële keuze. Schilderijen van dienstboden die hun meesters een poets bakten, waren in trek. Uiteindelijk zou het net zo gaan als met de Vanitas-schilderijen, die tegenwoordig nauwelijks nog iemand wilde hebben. Aan het begin van de eeuw, toen de Vanitas-schilderijen hoogtij vierden, schoten er Vanitas-schilders als paddenstoelen uit de grond. Iedereen wilde een stukje van de Vanitas-taart. Nu lagen die werkjes te verstoffen in de hoeken van kunsthandelaars. Hetzelfde gold nu voor schilderijen van huishoudelijke bezigheden die door dienstmeiden werden uitgevoerd. Ook die mode zou op een dag voorbijgaan.

In wezen was de Koninck nauwelijks in staat om ergens in het leven aan te denken zonder het in termen van schilderkunst uit te drukken. Hij wierp een vluchtige blik op Neeltje, die nu ook met zijn vriend Jan leek te flirten. Hij bekeek haar alsof ze een personage was uit een schilderij van Gerard ter Borch. Alsof de hele scène een toneelspel was waarvan hij de regels niet begreep.

Hoofdstuk 27

In de zomer van 1668 wemelde het van vlinders en kevers. In de groentetuinen zaten wat slakken, maar volgens Neeltje waren ze gemakkelijk te vangen. Op de markt lagen stapels verse groenten uitgestald, en eindelijk smaakte het eten weer zoals het moest. De lange, gure winters van de afgelopen jaren, waarin men eindeloos hout voor de haarden moest halen, leken even vergeten. Hout was schaars geworden, zo schaars dat afgedankte schepen waren gesloopt en hun planken voor exorbitante prijzen aan de burgers werden verkocht. Er werden weer veel veilingen gehouden, en omdat veel burgers waren overleden, kwamen er ook meer nalatenschappen op de markt. De Koninck kon het zich veroorloven kieskeurig te zijn en alleen werken van de hoogste kwaliteit te kopen. In zijn kunstkamer stonden schilderijen rijen dik tegen de wanden geleund. Ook had hij een indrukwekkende voorraad lijsten verzameld. Maarten de Bray kreeg de taak om uit te zoeken welke schilderijen in welke lijsten pasten, en de Koninck leerde hem hoe je een schilderij vakkundig inlijstte. Een schilderij verkoopt beter in een mooie lijst, had hij hem op het hart gedrukt. Ook het portret van de onbekende vrouw had hij opnieuw ingelijst. Ditmaal koos hij een van de meest weelderige en kostbare lijsten die hij kon vinden. De vrouw – zijn vrouw, zoals hij haar in stilte noemde – straalde een koninklijke allure uit. Maar hij moest zichzelf dwingen om het doek over haar heen te leggen zodra hij zijn studeerkamer verliet.

Op een middag vond hij zijn kat op het doek liggen, vastbesloten haar plek niet op te geven. Pas nadat hij het doek onder haar vandaan trok, sprong ze met tegenzin op en verdween voor de rest van de dag. Die avond vond hij haar in een donkere hoek van de kunstkamer, verscholen tussen een schilderij van Cornelis Bega en de houten lambrisering, alsof ze wachtte om ontdekt te worden. Voorzichtig tilde hij haar op en droeg haar de trap op, als een slapend kind dat naar bed gebracht moest worden.

Het was op deze zomeravond in juli, terwijl het licht tot laat in de avond over de stad bleef hangen, dat Neeltje het portret voor het eerst zag. De Koninck was op de binnenplaats op zoek naar zijn kat en had nagelaten het doek over het schilderij te leggen. Door de openstaande deur van zijn studeerkamer zag Neeltje de contouren van het portret in het schemerlicht. Een moment aarzelde ze. Het was haar verboden de kamer zonder toestemming te betreden. Maar de verleiding was te groot. Op haar tenen sloop ze naar binnen. Het laatste, donkerrode zonlicht gleed door de hoge ramen en legde een warme gloed over het schilderij. De stad leek uitgestorven, want iedereen wilde zo lang mogelijk van de zomerwarmte genieten en maakte lange wandelingen langs de Spaarne of door de vele tuinen die zich in de directe omgeving van Haarlem bevonden. Het enige geluid dat ze hoorde, was haar eigen ademhaling. Het was alsof de tijd stilstond. Pas toen het laatste licht van buiten verdwenen was, de deur naar de binnenplaats openging en ze de Konincks zware voetstappen in de kunstkamer hoorde, was ze stilletjes uit de studeerkamer geglipt en naar de tweede verdieping gegaan, waar ze sliep.

Hoofdstuk 28

Het gebeurde op een vroege zondagochtend. De Koninck zat zoals gewoonlijk met Neeltje in de keuken en dronk zijn zwarte koffie. Hij had die nacht onrustig geslapen en staarde dromerig voor zich uit. Neeltje zou zo vertrekken, maar hij verlangde naar een tweede kopje. Toen ze met de koffiekan naar hem toe kwam en zich voorover boog, viel zijn blik op haar kraag. In het kantwerk zag hij een patroon van sint-jakobsschelpen. Het was een motief dat hij vaker had gezien, maar het was een fout die hem de adem benam: op haar linkerschouder zat een schelp die ondersteboven was geborduurd. Een fout in het borduurwerk was op zichzelf al opmerkelijk, maar het herinnerde hem aan een detail op het portret van de onbekende vrouw – een detail dat hij talloze keren met zijn loep had bestudeerd zonder het volledig te begrijpen. Ook de kraag op het schilderij vertoonde een patroon van sint-jakobsschelpen, en precies op de plek waar de stof over de schouder viel, was één schelp ondersteboven afgebeeld. Hij had er nooit zeker van kunnen zijn, omdat Verspronck de kleur had aangepast. Op die plek in het schilderij ging het wit van het kant over in grijs. Hij was er eigenlijk nooit zeker van geweest. Maar nu kon hij het nauwelijks bevatten: de fout op Neeltjes kraag bevond zich precies op dezelfde plek als op het portret. Toen Neeltje de kan weer op het vuur zette en de keuken verliet, bleef de Koninck roerloos achter, alsof hij zojuist een geest had gezien. Neeltje droeg de kanten kraag van Versproncks dienstmeisje! Had ze die van haar overgenomen? Kende ze de vrouw? Terwijl hij haar zoals gewoonlijk een stuiver in de hand drukte, had hij alleen nog maar oog voor de omgekeerde sint-jakobsschelp op haar schouder, die onmiskenbaar het kantpatroon in haar witte kraag onderbrak. Zijn vermoeidheid door de rusteloze nacht was op slag verdwenen.

Toen Neeltje was vertrokken, begaf de Koninck zich naar zijn studeerkamer. „Verspronck liegt nooit," fluisterde hij. Als iets hem was opgevallen – hoe klein het detail ook was – dan had hij het geschilderd. De plek met de omgekeerde schelp was op het portret slechts subtiel aangegeven, maar na het zien van de fout op Neeltjes kraag herkende hij het meteen op het doek.

Die dag zou de zon laat ondergaan. Iedereen was op de been. Er waren loterijen en men keek geamuseerd toe bij het *papegaaischieten* – een wedstrijd waarbij boogschutters op een houten, bont geschilderde vogel op een hoge paal of boom mikten. Overal kon men een eenvoudige maaltijd krijgen. Wie geld had, kocht voor een gulden een volledige maaltijd met bier of wijn. Voor vier penningen kreeg men daar een korte pijp bij. Wie het zich kon veroorloven, liet zich voor een paar penningen vermaken door naar dronkaards, prostituees en dieven in het Spinhuis en het Rasphuis gaan kijken. Wie wilde, kon zelfs het gekkenhuis bezoeken.

Het was al laat toen hij de voordeur hoorde opengaan en Neeltjes stappen in de gang klonken. Hij had de hele dag in de schaduw van het huis doorgebracht en gewacht. De Koninck had op zijn dienstmeid gewacht. Dat had hij nog nooit gedaan. Hij had bij het raam van zijn kunstkamer gezeten, waar nog wat licht naar binnen viel. De zaterdageditie van de *Oprechte Haerlemsche Courant* lag op zijn knieën, maar het was hem niet gelukt ook maar één enkel artikel uit te lezen.

Toen hij Neeltjes voetstappen in de hal en daarna in de keuken hoorde, voelde hij een lichte steek in zijn maag. En toen stapte Neeltje de kunstkamer binnen, misschien om te controleren of de deur naar de binnenplaats op slot was. Ze had de Koninck aanvankelijk niet in zijn donkere hoek opgemerkt, en toen ze zich plotseling omdraaide en hem aanstaarde, zag hij het. In het schemerlicht herkende hij het gezicht.

Hij stond op en liep zwijgend op zijn dienstmeid af. Ze beefde, hoewel de zomer de koele kunstkamer had opgewarmd. Hij bleef voor haar staan en keek haar aan. De Koninck keek voor de eerste keer echt naar Neeltje. Als er iets was waar hij nog nooit een ogenblik aandacht aan had geschonken, dan was het wel het gezicht van zijn eigen dienstmeid, die hem al jaren trouw diende. Hij had haar gewoon als een deel van zijn huishouden beschouwd, net als de meubels of de kandelaren die hij door haar liet oppoetsen. Hij keek naar Neeltjes angstige gezicht en herkende de gelaatstrekken die hij van zijn portret kende. Hij had de vrouw van het portret meer dan een jaar overal gezocht – behalve daar waar ze het gemakkelijkst te vinden was: in zijn eigen huis.

En toen deed de Koninck iets wat hij tot dan toe voor onmogelijk had gehouden. Met de vingers van zijn rechterhand raakte hij Neeltjes gezicht aan. Ze trilde nu over haar hele lichaam en durfde nauwelijks te ademen. De Koninck volgde met zijn vingers de contouren van haar gezicht, die in het schemerlicht nog nauwelijks zichtbaar waren – alsof hij zelf de penseelstreken van Verspronck zette. Alsof hij de schilder was die het perfecte gezicht schiep. Haar gezicht was ouder geworden. Het leven had sporen nagelaten, maar de schoonheid en elegantie waren onmiskenbaar nog steeds aanwezig. Hoe had hij haar kunnen missen? Hij, Balthasar de Koninck, de man die niets ontging, die alles observeerde, had één ding nooit opgemerkt: het gezicht van zijn eigen dienstmeid. Hij volgde de lijnen van haar neus, die noch te scherp noch te groot was, precies zoals op het schilderij. Haar wangen waren minder strak, maar ze waren de wangen van zijn portret. En toen hij uiteindelijk in haar ogen keek, die hem met een mengeling van verwondering en angst aanstaarden, besefte hij dat hij de vrouw had gevonden naar wie hij zo lang had gezocht. Ze woonde al jaren in zijn eigen huis. Hij had alleen maar hoeven kijken. Zijn blik gleed naar haar wenkbrauwen, naar het voorhoofd dat nog steeds haar vroegere jeugdige schoonheid verried. Toen hij zijn vingertoppen langs haar haren liet glijden, ontsnapte een eenzame traan uit haar oog. Hij volgde de traan terwijl die langzaam over haar wang gleed en op de witte kraag viel die ze nog steeds droeg.

Hoofdstuk 29

Nadat Verspronck was gestorven, werd Geertje de volgende dag door Aertge Verspronck ontslagen. Ze had jarenlang de verhouding van haar broer met haar moeten verdragen, maar nu hij er niet meer was, maakte ze er onmiddellijk een einde aan. Dat Verspronck haar had geschilderd, wist bijna niemand. Zelfs Jan de Bray had haar niet herkend toen de Koninck hem het portret liet zien. En hoe had hij dat ook kunnen doen? De vrouw op het schilderij was bijna twintig jaar jonger dan de Neeltje die nu dagelijks in de Konincks huis rondliep.

Na haar ontslag vond ze werk bij de familie de Bray. Men kende haar, omdat ze met Verspronck een buitenechtelijk kind had. Aertge Verspronck had geweigerd het kind op te voeden, en daarom had Verspronck de familie de Bray gevraagd om het kind in huis te nemen. Dat kind was Maarten de Bray.

Vanwege haar oneervolle ontslag had men haar aangeraden haar naam te veranderen. En zo werd Geertje Neeltje. Toen de Koninck Neeltje op aanbeveling van

Jan de Bray als dienstmeid in dienst nam, had ze hem niets over haar verleden verteld, en de Koninck had zich er ook niet voor geïnteresseerd. Op een bepaald moment had ze de wens gekoesterd om bij haar zoon te zijn. Ze zag hem meestal alleen op zondagen, wanneer ze vrij was. Men had Jans broer Dirck gevraagd om bij de Koninck voor te spreken, en zo kwam Maarten de Bray bij hem in de leer.

Behalve het portret wist Jan de Bray alles. Neeltje was begin twintig geweest toen Verspronck haar schilderde. Het portret had, zolang hij leefde, altijd gehangen in de kamer waar hij sliep, zo wist Neeltje te vertellen. Na zijn dood had Engel Verspronck het schilderij aan Adam Heck gegeven, zodat zijn zus het niet zou verbranden, zoals ze altijd had gedreigd te doen.

Neeltje was ouder geworden, en de vroegere glans en schoonheid van haar jeugd waren vervaagd. Maar wie goed keek, kon haar schoonheid nog steeds herkennen. Mensen hebben veel gemeen met schilderijen, had Verspronck gezegd. Ze hebben vergelijkbare problemen wanneer ze ouder worden.

Nawoord van de auteur

Tussen 1573 en 1620 groeide het aantal inwoners van de stad Haarlem van 18.000 naar bijna 40.000. Daarmee werd Haarlem, na Amsterdam en Leiden, de derde stad van de Republiek der Zeven Verenigde Nederlanden. De meeste nieuwkomers waren afkomstig uit de Zuidelijke Nederlanden en waren gevlucht voor de religieuze oorlogen. De oorspronkelijke bevolking noemde hen daarom vaak *Spaanse Brabanders*, maar gebruikte soms ook neerbuigende bijnamen zoals *knoflooketers*. Het duurde enkele generaties voordat de immigranten volledig in de samenleving geïntegreerd waren. Ondanks de vooroordelen droegen zij in belangrijke mate bij aan de economische bloei van Haarlem.

Ook veel kunstenaars uit het zuiden vestigden zich in Haarlem, waaronder Karel van Mander (1548–1606) uit Meulebeke bij Kortrijk en de tekenaar en graveur Hendrick Goltzius (1558–1616) uit Müllbracht bij Venlo. Goltzius wordt beschouwd als de grondlegger van de Haarlemmer Academie. Zelfs de familie van de beroemdste schilder van Haarlem, Frans Hals, kwam oorspronkelijk uit de Zuidelijke Nederlanden. Men kan met recht zeggen dat het kloppende hart van de Hollandse schilderkunst aan het begin van de Gouden Eeuw in Haarlem lag. Tot circa 1630 was de stad op het gebied van schilderkunst zelfs belangrijker dan Amsterdam, wat heeft geleid tot de benaming *de Haarlemse School*. Welgestelde burgers gaven opdrachten die hun directe leefomgeving weerspiegelden: de stad zelf, met de Grote of Sint-Bavokerk, de omringende duinlandschappen en alledaagse gebruiksvoorwerpen en etenswaren. Zo ontstonden bekende genres als architectuurschilderkunst, zee- en duinlandschappen, wintergezichten, maaltijdstillevens en bloemstillevens.

De schilder Johannes Cornelisz. Verspronck, die een centrale rol speelt in deze roman, heeft zijn hele leven in Haarlem doorgebracht. Hij werd er geboren tussen 1600 en 1603 en werd op 30 juni 1662 in dezelfde stad begraven. Hoewel ongeveer honderd schilderijen aan hem worden toegeschreven, is er weinig over zijn leven bekend. Als lid van de Haarlemse Sint-Lucasgilde had hij vermoedelijk contact met alle belangrijke kunstenaars van zijn tijd, waaronder Frans Hals, Jacob van Ruisdael, Jan Steen, Pieter Saenredam en Judith Leyster. Hoewel hij minder bekend is dan tijdgenoten als Rembrandt, Hals of Vermeer, was Verspronck een belangrijk schilder in zijn tijd. Hij schilderde uitsluitend portretten en specialiseerde zich in de gedetailleerde weergave van juwelen, stoffen en kant. Dit maakte hem bijzonder geliefd bij opdrachtgevers die hun echtgenotes of dochters wilden laten portretteren. Een van zijn bekendste werken is het *Portret van een meisje in het blauw* (1641), dat tegenwoordig in het Rijksmuseum in Amsterdam te zien is. Tussen 1945 en 1955 stond dit meisje zelfs afgebeeld op het 25-guldenbiljet van De Nederlandsche Bank. Het in deze roman genoemde portret van een onbekende vrouw bestaat echter niet, al heeft Verspronck verschillende portretten geschilderd waarvan de geportretteerden vandaag de dag onbekend zijn.

De wetenschappelijke literatuur over Verspronck is schaars in vergelijking met de uitgebreide studies over Vermeer, Rembrandt of Hals. Het weinige dat we over hem weten, is in slechts enkele zinnen samen te vatten: Verspronck woonde zijn hele leven in Haarlem. Hij werd in 1632 lid van het Sint-

Lucasgilde en schilderde portretten voor (voornamelijk katholieke) burgers van de stad. Hij kocht een huis in de Jansstraat voor zichzelf en zijn broer Engel en zijn zus Aertge. Zelfs over zijn opleiding bestaat geen zekerheid. Vermoedelijk werd hij eerst opgeleid door zijn vader, Cornelis Engelsz. Verspronck. Of hij ook in het atelier van Frans Hals werkte, is onderwerp van discussie. Een eerste biografische schets over Johannes Cornelisz. Verspronck verscheen in 1718 in *De groote schouburgh der Nederlantsche konstschilders en schilderessen* van Arnold Houbraken. Een belangrijke monografie over hem werd geschreven door R.E.O. Ekkart: *Johannes Cornelisz. Verspronck: Leven en werken van een Haarlems portretschilder uit de 17de eeuw* (Haarlem, 1979). Ik vond verwijzingen naar afzonderlijke werken in tentoonstellingscatalogi en verzamelingsbeschrijvingen van gerenommeerde musea. Een technische studie over Versproncks werk, uitgevoerd door prof. dr. Ella Hendriks (Universiteit van Amsterdam), en de technische analyse *Consistent Choices: A Technical Study of Johannes Cornelisz* waren vooral nuttig voor de ontwikkeling van mijn verhaal. Ook in de studie *Verspronck's Portraits in the*

Rijksmuseum door Anna Krekeler en collega's vond ik interessante technische deatils over Versproncks werk.

Het hoofdpersonage van mijn roman, kunsthandelaar Baltasar de Koninck, is een fictieve figuur. Mijn kennis over de reeds in de 17e eeuw gevestigde kunsthandel is gebaseerd op twee vakstudies: *De Noord-Nederlandse kunsthandel in de eerste helft van de zeventiende eeuw* van Marion Boers en *Uylenburgh & Zoon: Kunst en Commercie van Rembrandt tot De Lairesse 1625–1675* van Friso Lammertse. Zoals bekend werkte Rembrandt tussen 1631 en 1635 voor de kunsthandel Uylenburgh in Amsterdam, waar hij Saskia Uylenburgh leerde kennen, de nicht van de kunsthandelaar, met wie hij in 1634 trouwde.

De kunsthandel was in de 17e eeuw overigens niet uitsluitend voorbehouden aan professionele handelaars. Zelfs eenvoudige huisvrouwen handelden in kunst en werden *uytdraegster* genoemd. Naar schatting werden in het 17e-eeuwse Holland tussen de vijf en tien miljoen kunstwerken geproduceerd. Gegevens over de aankoop van schilderijen in Delft laten zien dat ongeveer twee derde van de bevolking kunst bezat, met een gemiddelde van elf schilderijen per huishouden. Herbergiers, boekverkopers, handelaars in religieuze voorwerpen, juweliers, bloemenhandelaars en lijstenmakers handelden in schilderijen. Ook op jaarmarkten en bij liefdadigheidsloterijen werden schilderijen verkocht. Vaak waren de kunstenaars zelf hun eigen handelaars en verkochten zowel hun eigen werken als die van hun collega's.

Voor informatie over de kunstenaarsfamilie de Bray heb ik waardevolle gegevens gehaald uit het rijk geïllustreerde kunstboek *Salomon, Jan, Joseph en Dirck de Bray, vier schilders in een gezin* van P. Biesboer en F. Lammertse. Jan de Bray – in de roman een vriend van Baltasar de Koninck – was de zoon van schilder en architect Salomon de Bray. Hij specialiseerde zich in portretten en geschiedenisstukken en was bovendien hoofd van het Haarlemse Sint-Lucasgilde. Tijdens de pestepidemie van 1664 verloor hij zowel zijn vader Salomon als zijn broer Joseph. Dirck de Bray was schilder, tekenaar, houtsnijder, boekbinder en graficus. Rond 1680 trad hij als lekebroeder in bij het klooster Gaesdonck bij Goch, waar hij in 1694 overleed.

Het personage Maarten de Bray, die in mijn roman de leerling van De Koninck wordt, is volledig fictief. Ook de figuren Adam Heck, Anna Theodora en Neeltje zijn door mij verzonnen. Voor de beschrijving van de rol en taken van huispersoneel heb ik gebruik gemaakt van het werk van Simon Schama, *Overvloed en onbehagen: de Nederlandse cultuur in de Gouden Eeuw*, dat als een van de standaardwerken over het leven in de 17e-eeuwse Nederlanden wordt beschouwd.

Het door Verspronck geportretteerde echtpaar Eduard Wallis en Maria van Strijp is historisch gedocumenteerd. Beide schilderijen zijn te zien in het Rijksmuseum in Amsterdam. Eduard Wallis stamde uit een familie van Schotse wolhandelaars die via Zeeland naar Haarlem waren geëmigreerd. Later werd hij regent van het Haarlemse Aalmoeseniers-, Armen- en Werkhuis. In 1652 lieten Eduard Wallis en Maria van Strijp zich door Verspronck portretteren, nadat hij acht jaar eerder al een portret had gemaakt van Maria's moeder, Adriana Croes.

Het landgoed *Elswout*, gelegen bij Overveen nabij Haarlem, bestaat echt. Sinds 1970 behoort het ongeveer 85 hectare grote terrein tot Staatsbosbeheer.

Het wordt beschouwd als een van de mooiste en best bewaarde landgoederen van Nederland. De in de roman beschreven geschiedenis is gebaseerd op authentieke gebeurtenissen, hoewel de relatie tussen Baltasar de Koninck en de toenmalige eigenaar Gabriel Marselis fictief is. Tegenwoordig is het park toegankelijk voor het publiek.

Ook van Peter Devaere

Het geheime leven van Adriaen Coorte

Amsterdam 1682: de jonge schilder Adriaen Coorte maakt de dochter van zijn leermeester Melchior d'Hondecoeter zwanger, die hem vervolgens dwingt met haar te trouwen. Als het kind tijdens de bevalling sterft, voelt Coorte zich ontheven van zijn verplichting om te trouwen en vlucht uit de stad.

Coorte begint een nieuw leven op het Zeeuwse eiland Walcheren en komt tot zichzelf dankzij zijn liefde voor de keukenmeid Hendrikje.

Maar de schaduwen van zijn Amsterdamse verleden halen Coorte in en dwingen hem om ze onder ogen te zien.

Een roman over de schilder Adriaen Coorte, die pas in de 20e eeuw werd herontdekt en nu door kenners op één lijn wordt gesteld met Rembrandt, Hals en Vermeer.

Over de auteur

Peter Devaere (°1964, Brugge) groeide op in een Vlaamse kunstenaarsfamilie, waar creativiteit met de paplepel werd meegegeven. Muziek was zijn eerste passie, maar hij voelde al op jonge leeftijd de drang om te schrijven. In 2002 debuteerde hij met de roman "Het appartement". De voorbije jaren wijdt hij zich aan een reeks historische romans, telkens rond een schilder uit de Gouden Eeuw. Het eerste deel, Het geheime leven van Adriaen Coorte, verscheen in 2019. Naast zijn literaire werk schrijft hij ook non-fictie.